宿敌

THE SILENT STORM

山河无名

赖　继　作品

四川文艺出版社

图书在版编目（CIP）数据

宿敌·山河无名 / 赖继著. — 成都：四川文艺出版社, 2024. 9. — ISBN 978-7-5411-7031-7

Ⅰ. I247.5

中国国家版本馆CIP数据核字第2024JS6001号

SUDI：SHANHEWUMING

宿敌：山河无名

赖　继　作品

出 品 人　冯　静
责任编辑　叶　茂
封面设计　叶　茂
内文设计　史晓燕
责任校对　段　敏
责任印制　崔　娜

出版发行　四川文艺出版社（成都市锦江区三色路 238 号）
网　　址　www.scwys.com
电　　话　028-86361802（发行部）　028-86361781（编辑部）

排　　版　四川最近文化传播有限公司
印　　刷　成都蜀通印务有限责任公司
成品尺寸　145mm × 210mm　　开　　本　32 开
印　　张　7.5　　字　　数　180 千
版　　次　2024 年 9 月第一版　　印　　次　2024 年 9 月第一次印刷
书　　号　ISBN 978-7-5411-7031-7
定　　价　58.00 元

你知不知道，

有的人，

一辈子，

就只做一件事，

不死不休。

⋮

——作者的话

目录

CONTENTS

01...巨变 001
02...新人 021
03...雷霆专案 031
04...百口莫辩 040
05...你中有我 047
06...消失的刺青 052
07...神龙摆尾 061
08...堕落 068
09...以象鳞虫，蛟龙不伤 077
10...入狱 082
11...东山 088
12...监狱外的阳光 096
13...暗号与组织 102
14...奖章 117

15...酒女 122
16...星箭航天 127
17...西域的落日 134
18...线索 141
19...社团 146
20...婚礼的祝福 151
21...浮世绘 157
22...我养你啊 166
23...西海岸 172
24...唯一的照片 182
25...重庆的雪 187
26...车行 200
27...主犯张池 207
28...不死不休 210
29...收网 217
30...三个画面 221
31...自己人 223
32...尾声 226
后记...我想和世界聊聊 231

CONTENTS

01

巨变

2000年，又叫千禧年，农历庚辰龙年。

那个时候，微信、支付宝还没有改变人们的生活。

那一年，世界上发生了很多事。那一年，中国政府首次派出民事警察执行联合国维和任务；金大中与金正日在平壤会面，签署了《南北共同宣言》。

当然，时刻变化着的时政和经济，也少不了文艺界的各种清风的伴随。那一年，张艺谋凭借《我的父亲母亲》摘得了第20届中国电影金鸡奖最佳导演奖，同时也捧红了“谋女郎”章子怡，当他领着她走过领奖红地毯的时候，很多人都惊叹其风姿绰约。

那一年，歌手朴树发行了一张很赞的专辑，王力宏接到了“娃哈哈纯净水”的广告，谢霆锋凭借《谢谢你的爱1999》成为亚洲级偶像……天后级人物张惠妹拒绝了一个年轻人写的歌，理由是歌词不好表达。

那首歌叫《双截棍》。

和许多大人物、大事件相比，完全不值得一提的是一个小人物的命运，也在那一年发生了改变。

吴豫永远也想不到，他的命运会因为一次抓捕行动而发生翻天覆地的改变。他会从一名前途无限的警察，变成一个——囚犯。

2000年的秋天，天气已经转凉。

滨海市的深夜依然很热闹。

城市最中心的商业区大街背后是一条小小的青石巷子，这条巷子的建筑虽然老，却很僻静。

僻静的巷子和热闹的商业街，形成了鲜明的对比。

这条巷子夜晚很少有人走动，老人说，走过这条巷子的时候，一定要脚步快些，这巷子治安不好。只有不怀好意的人，才会在晚上出没。巷子的房子由于修建得比较早，并没有为业主规划车位。

因此，住户会把车停在巷子的两边。

于是，这巷子就显得更狭窄了。

吴豫就坐在其中的一辆车上，他已经在车上等很久了。他并没有打开车灯，他在车里，盯着巷子的最深处——那里有一个挂着昏暗路灯的拐角。路灯是帆船的形状，很有滨海市的城市特点。

远处商业大街的音乐和欢声笑语传了过来。吴豫细细听来，那欢声笑语中不乏热闹场所里的温馨言语和流水繁华，或许他熟悉的人们正在享受着一个欢乐的聚会之夜，看着球赛，喝着啤酒，聊着姑娘；或许他熟悉的人们正在相拥而笑，互诉衷肠。

可是，这些热闹都与他无关。

月光下他的脸显得孤独、刚毅、执着，就像是一尊石刻。

他用力伸展了他的腿和胳膊，他清楚地明白自己要做的事，就是盯着这条巷子。

他知道这条巷子的尽头，一定会发生大事。

他的副驾座椅是斜躺着的，躺着他的上级——滨海市国家安全局侦查科科长胡夏峰。

胡夏峰躺得久了，此刻坐了起来。他的长相很普通，自带脸盲属性，扔进人群里，不一会儿就会完全消失。

胡夏峰挠头："歇歇吧，换我。"

吴豫不冷不热道："不，我行。"

胡夏峰用鼻子"哼"了一声，道："犟劲又发了，又逞强是不是？"

吴豫和胡夏峰两个年轻人本是警校同学，二人性格差异极大，在学校里就没怎么说过话，分配工作时偏巧被分配到了一处，进入单位后二人组成搭档，这才有了些接触。

吴豫在办公室第一次和胡夏峰开口说话时，胡夏峰竟然大惊失色，原来这人和自己是同学——他在学校得有多孤僻啊，连号称"交际小王子"、无人不熟的胡夏峰，都能忽略这个人的存在！

在工作作风上，两人也大相径庭：吴豫像块硬邦邦的石头，胡夏峰却热情似火、阳光灿烂、灵活跳脱；吴豫做事一根筋，胡夏峰却长袖善舞得多。

年纪轻轻的胡夏峰凭借机智、冷静、灵活、周密，很快就在年轻人中崭露头角，隐然成为一众年轻干警的首领。

但凡年轻干警搭档办案，胡夏峰会先把方案说一通，各种利弊分析一遍，把所有的可能性都探讨通透，然后胡夏峰会问："大家还有没有建议？"

这个时候，吴豫就会冷冷地来上一句："我上。"

大家面面相觑，识相的知道胡夏峰和吴豫是同学，不和吴豫一般见识。

遇到不识相的年轻人，立马就发了火：“峰哥在征求方案，你以为自己是谁啊？”

这些年胡夏峰对吴豫念着警校同窗之情，颇为宽待，认为这人除了脑子一根筋，倒没有坏毛病。

但有时候胡夏峰的脸上也挂不住，问：“你到底听没听我说话，我问有没有建议？”

吴豫沉吟了片刻，还是一个石刻般的表情，说：“我上。”

科里就没人愿意和吴豫搭档，觉得这人太轴了，脑子不灵活，太犟，不知道该怎么相处。

所以，科长胡夏峰也就只好把吴豫收编为自己的搭档。二人相处了这几年，彼此脾气摸熟了，共事起来也产生了默契。胡夏峰认为，吴豫性格是倔强了些，可是他敬业、执着、忠诚、慎独，甘于默默无闻，这不正好是国家安全干警的精神写照吗？

而吴豫虽然嘴上不说，其实也对胡夏峰敬佩得很：胡夏峰遇事不乱、思维缜密、冷静沉着，又能出入各种场合和形形色色的人打交道，应付各种变化，这不正是国安干警“能人所不能”的职业素养吗？

二人这几年配合无间，已然成了亲密战友。吴豫在年轻人当中得了一个外号——“石头”，意思谁都懂，就是他对工作固执。

不过固执归固执，吴豫却不是不服从指挥，他的执行力比科里任何人都强，他谁都不服，就服胡夏峰，只要是胡夏峰的命令，吴豫绝对冲在第一个。

用上级领导的话来说：磁铁分南北，性格刚好互补嘛！

胡夏峰伸了个懒腰，他们二人已经在这狭小的车上蹲守了一夜。他借着夜色，偷偷看了一眼吴豫，这家伙眉目之间有一股坚忍之气。吴豫若是坚持一件事，可以蛰伏许多年，不显山露水，不动声色——别人不了解，认为他只是固执、犟，可是胡夏峰了解他，吴豫最不怕的就是忍耐。

胡夏峰知道能忍耐的人，才能胜任隐姓埋名的潜伏工作。

忍耐，是一种多么强大的力量。

在与犯罪分子的长期斗争中，往往拼的就是忍耐。

“给。”吴豫递给胡夏峰一包烟。吴豫居然去给胡夏峰买烟，这可真的是破天荒。

胡夏峰一闻，还是自己惯常抽的口味：“哟，‘石头’居然也变灵活了。”

但转瞬就眉头一皱，问道：“刚刚买的？”

吴豫回答道：“出发的时候，从你桌上顺的。”

“嗯？我就说……”

吴豫倒也不客气，把烟盒打开，自己就先拿了一根。

胡夏峰抽出烟，吴豫打燃火，凑了过来。

“王北俪说了，今天最后一根。”吴豫道。

胡夏峰笑道：“你也管起我来了？”

吴豫道：“不，是王北俪不想吸你的二手烟。”

王北俪是和胡夏峰、吴豫同一个办公室的女干警，也是从警校毕业的，算起来是胡夏峰和吴豫的师妹。这姑娘长得非常漂亮，个子高高，身材清瘦，显得很有精神，一双眼睛如湖水般宁静，如月色般温柔。这个姑娘柔中带着刚，有着警校女生的干脆、干练，又心细如尘。她面容姣好，很有女星范，来报到上班的第一天就惊住了办公室的所有人。

包括吴豫。

王北俪不喜欢烟味儿。

胡夏峰的烟瘾很大。

胡夏峰长长吸了一口烟，把头向后靠向座椅。他转过头，和吴豫对望了一眼，现在他们二人很有默契，二人想的都是这案子今天到底能不能收网。

吴豫问：“你这么有信心张池会出现？”

胡夏峰沉吟了半晌：“根据可靠情报，犯罪嫌疑人张池会在这个巷子附近和‘下线’接头。”

吴豫不说话了，他本来话就不多，更何况他对胡夏峰的判断一直都很认可。

他们整个侦查科，盯这个案件已经很久了。目标人叫张池，中国籍男子，多次向境外非政府组织、科研机构出卖我国科研秘密，形成了一个贩卖小团伙，涉嫌触犯刑法相关罪名——为境外窃取、刺探、收买、非法提供国家秘密、情报罪。经过初步的侦查，胡夏峰他们大致摸清了张池的体貌特征（有文身）和活动特点，这名犯罪嫌疑人尚有同伙，且有内鬼在国防科技工业单位里与之里应外合。在掌握了张池团伙的犯罪证据之后，胡夏峰又收到重要消息，张池在国防科技工业单位的内鬼要和他见面接头，传递一份窃取出来的重要资料。

时间就在今晚！

盗窃锱铢，尚且为人不齿，更何况为图金钱，灵魂沦丧，窃国尤为可恶。打击这种贩卖国家秘密资料的犯罪个人与团伙，实在刻不容缓。

今天是个绝好的收网机会。对讲机那头，王北俪的声音传了过来：“鱼已经出窝。”

鱼已经游出来了。

胡夏峰和吴豫精神为之一振。

今天晚上的收网行动，胡夏峰部署了六组人手，分别在不同的点位，对目标实施跟踪和盯梢。

王北俪和钱雨是一组，王北俪不喜欢闻烟味，而钱雨是科里唯一不抽烟的男士。

钱雨正听着耳机里任贤齐的歌曲，嘴里哼着《对面的女孩看过来》。2000年的时候，其貌不扬的任贤齐突然奇迹般地火遍了海峡两岸及香港、澳门。

钱雨用的听歌设备叫Walkman，是索尼公司当年生产的一种播放器，里面播放的介质是磁带。

王北俪和钱雨盯着的这栋豪华房子，主人叫于柏浪，是滨海市重点涉密科技工业单位14院的一名设计师。14院隶属于国家某重要部门，承担航天方面的前沿高科技研究。

经过侦查获悉，于柏浪因为晋升受挫，心生怨念，便被朋友张池三下五除二地拉下了水，他将科研院里的资料偷出，交给张池，由张池在网络上联系一名外国中介，倒卖给一家同样搞航天研究的外国科研机构，并获得了大量赃款。而今天正是他再一次和张池接头交易的日子。

于柏浪从房子里出来的时候，钱雨紧张地拔掉了耳机，他启动了汽车，随时准备跟上去，王北俪则第一时间用对讲机通知了其余的各个哨点。

于柏浪开着车，看似是在漫无目的地行驶，实则是在观察、躲避盯梢。

王北俪和钱雨跟了一段，为了不引起怀疑便撤了下来，按照原定计划，由第二组人员跟上。

如此多番换哨之后，于柏浪终于放松警惕，他朝着已经踩好点的接头地点驶去。

“头儿，鱼已经向渔网方向游去。”最后一组盯梢的干警通过对讲机向胡夏峰汇报。

“收到，按既定计划，各组马上对接头地点形成包围。”

于柏浪这个已经踩好点的接头地点，却早已在胡夏峰和吴豫的掌握之中。王北俪等人不停地换哨，就是为了不引起于柏浪的警觉从而更改接头地址。

于柏浪抵达了这条巷子，他在距离巷口一定距离的地方停下车步行进来。

胡夏峰和吴豫埋下了头。

巷子突然安静下来，安静得只听得见胡夏峰和吴豫的呼吸声。

远处商业大街的热闹声全部听不见了，像海滨港口潮水退去后的空洞和寂寞。

这寂静漆黑的夜晚，弥漫着腐朽的味道。

于柏浪快要走到巷子的转角了，可是张池却依然没有出现。胡夏峰的手心都捏出了汗。于柏浪今天带来交易的应该是一份绝密级资料，这份资料是我国科学家研究了二十年的心血，一旦被出卖，将造成我国投入的数亿科研经费付诸流水，我国的航天火箭技术也将被他国窥视，只要他国有针对性地对材料进行限制，足以让我国航天事业迟滞发展二十年，这对于整个国家和民族来说，无疑损失惨重。这份资料对他国来说，可谓价值巨大，窃密者自然也能卖出天价。

这么大的诱惑，张池怎么会不现身呢？

乌云流动，将月色掩埋；冷风骤起，又将乌云赶走。

月亮在乌云里走走停停，已经过去了漫长的时间。

张池仍然没有出现。难道情报有误？

远处的于柏浪好整以暇地靠着青石，他收起一只脚，用脚蹬在墙壁上，点燃了一根烟。

根据掌握的情报，这于柏浪是被“美人计”加“金钱”拉下水的，张池投其所好，将他拉入伙。此人面容猥琐、心胸狭窄，欲念贪婪之深，简直让人发指，为了金钱，早就抛弃了人格。

胡夏峰心中已经有了几分焦急，他看了一眼吴豫，不由得佩服起吴豫来：吴豫面无表情，直直地盯着巷口，只怕是再盯他个三天三夜，他也不会有半分情绪的变化。这人外号叫“石头”，可真的是坚忍得很。

蓦地，一个高大的人影从巷口走了过来。

人影走向了于柏浪。

吴豫和胡夏峰都没有动，这可是最后关头的比拼，谁先沉不住气谁就要输！

于柏浪熄灭了自己手中的烟，隐匿在黑暗中。

胡夏峰的呼吸有点急促，应该就是他了，这个狡猾的犯罪嫌疑人已经和国安局周旋很久了。下一刻，这个人影应该就要和于柏浪完成交易。于柏浪大衣里的那份资料，会传递给他。

胡夏峰伸手摸向了车门把手。

“不。”吴豫轻声说。

他的话很少，可是话少的人往往说出来的会很关键。

吴豫已经发现了不对劲，这黑影在走向于柏浪的时候，点起了烟。黑影走到了于柏浪面前，于柏浪有意无意地看向了一旁。几秒之后，双方似乎互相确认了彼此不是自己要找的人，黑影缓缓离开，向巷子更深处走去。

不是张池。

胡夏峰和吴豫都叹了一口气。

吴豫对胡夏峰道："咋样？"

胡夏峰竖起大拇指，小声道："你对。"

吴豫憨笑："今天我们要收网。"

"你怎么察觉那黑影不是张池的？"胡夏峰问道。

"凭直觉。"吴豫看着远处的于柏浪，"黑影走过来的时候于柏浪刚刚熄灭了烟，不想让人看见。"

巷子更静了，于柏浪又抽起烟来。

"今天我们要收网。"吴豫重复了一遍这句话。

胡夏峰道："对，他在等人。"

等谁？

一个极其谨慎的人，谨慎到需要于柏浪先行抵达，确认他身边没有危机才会出现的人。

一个窃国之贼。一个亡命之徒。张池在走上这条路之前，曾持械伤人抢劫，可谓罪案累累，最后经外国人"点拨"：别打打杀杀了，容易掉脑袋，要干就干值钱的！你不是有同学、朋友现在进了科研单位吗？

胡夏峰带队在设局的同时，对手也在不停地排雷。

月亮又钻进了乌云里。

二人又陷入了无尽的等待。

蓦地，远处出现了一个长长的人影。这是一名穿着黑色夹克外套的瘦高男子。

这瘦高男子快步走了进来。

“有情况！”吴豫道。

胡夏峰兴奋起来，这瘦高男子快步走向于柏浪。

“各单位请注意，可疑人员出现，做好围猎准备！”胡夏峰向已经各就各位的干警发出了指令。

瘦高男子就要走到于柏浪面前时，于柏浪扔掉了烟，迎着瘦高男子快步走去，他们二人相向而行，在巷子里擦肩而过。

“是他！”胡夏峰的嗓子里低低地发出一声肯定的感叹。

他已经看到二人在擦肩而过的一瞬间，于柏浪将一个小小的优盘插进了那瘦高男子的夹克衫衣兜里。

谨慎等待，静如冰山。

快速交接，动如风雷。

这二人交接资料早就熟练了。

“动手。”胡夏峰沉声道。

二人冲了出去。“别动，警察！”

“不好！”于柏浪慌张起来，瘦高男子一打手势，二人拔腿分头逃散，钻入了巷子的狭小巷道。

“跑不了！”吴豫已经追了过去，他跑步极快，向着高男子逃跑的巷道追去。

“分头追！”

“A目标往南，B目标往北，一组从2号位过来包抄，二组动身跟上我！北俪和钱雨，你们往4号位去，支援吴豫！”

胡夏峰一边追击于柏浪，一边指挥包围，他部署周密，提前将这条巷子的地形摸得清清楚楚，各个巷道的点位都安排有人手，不信这两个人能上天。

吴豫对自己的体能有绝对的信心，在警校的时候，他就是十项全能，可是他惊讶地发现，这瘦高男子竟然能始终把他甩开一定距离。只见这瘦高男子在狭窄的巷道里不断地穿梭，放倒不同障碍物阻挡吴豫。

“前面有钱雨守着。”吴豫心中暗喜，眼见那瘦高男子就要撞入钱雨的埋伏。

突然，瘦高男子往墙上一蹬，竟然翻上一处矮房。

“咦？他知道前面有埋伏？”

吴豫深吸一口气，也翻上了房顶，二人在房顶上飞速跑动。瘦高男子在绕过钱雨、王北俪埋伏阻截的点位后，又跳下了东面的一条巷子。

好狡猾的家伙！好敏捷的身手！

吴豫一咬牙，也跳了下去，二人在狭小的巷道里，展开了激烈的追逐。二人身形极快，在黑夜之中犹如两道狂风，扫过各个巷道。

“北俪，马上换位置，我在东纵第三条巷道，目标马上向左转弯！这人比我们更熟悉环境。”吴豫向王北俪发出警示。

他口中说话，脚步不停。他大口喘气，汗如雨下，心中盘算这犯罪嫌疑人极其聪明，又熟悉环境，自然知道哪些巷口容易布控设伏，哪里不易落入埋伏。

既然如此，唯有不停地变换围捕设伏的位置，将他逼入布控的点位。

“我向5号位去，钱雨向东移动两个位置，你把他逼过来。”

王北俪立刻明白了吴豫的想法，她天资聪慧，精干果断。

巷道里回荡着吴豫和瘦高男子的脚步声、呼吸声。那瘦高男子此时心中大怯，他自恃自己脚力过人，又对环境极其熟悉，自当能摆脱背后的追兵，可是身后这年轻人却像永远也甩不掉一般。

他有所不知，他身后的追兵不是普通的警察，他是一匹狼，是一块顽石，有一股不灭不减的浩然正气。

吴豫的性格里，最大的特点就是坚忍。

他认定的事，就不会放手；他盯住的人，就绝对不会放过。胡夏峰曾评价他，就像是雪地里蛰伏等待猎物的狼，可以有惊人的忍耐力，一旦发现目标，那种不追到目标绝不罢休的狠劲更是让人胆寒。

瘦高男子气势稍弱，吴豫已经逼近，二人已经跑到一个三岔口。

向左还是向右?

吴豫大吼一声，抓起身旁的一个垃圾回收桶，用力掷向瘦高男子。瘦高男子听得风声，向左一闪，钻进了左边的巷道——这正中吴豫下怀，在那个巷道的尽头，王北俪和钱雨正等着他。

“前后夹击，我看你怎么逃？”

吴豫已经将猎物逼入了陷阱，就要得手。

瘦高男子离王北俪、钱雨设伏的巷道口只有五十米不到，这个巷道是个“南北通”，一条道能看到底，中间绝无岔路或出口，只要两头堵住，目标插翅难飞。

这条“南北通”旁边就是热闹的商业大街，隔壁酒吧里的音乐声已经传了过来，驻场的乐队正在唱汪峰的歌，2000年的时候他离开乐队单飞，推出了第一张个人专辑《花火》。

汪峰的歌当时很小众，不过吴豫也挺喜欢的。

瘦高男子停下脚步，侧耳倾听。

吴豫也停下了脚步，他警觉起来。

瘦高男子不跑了，事出反常必有妖。

根据之前掌握的情况，这名犯罪嫌疑人身手了得、头脑聪明，兼之凶悍过人，他下一步会有什么举动？

吴豫调整了呼吸，挽起衣袖，缓步走上去，准备近身肉搏，生擒敌人。

瘦高男子的手按住了衣兜里的优盘，出于本能，他已经察觉到巷道那头一定设有埋伏。巷道口有多少埋伏未知，可是毕竟身后只有一个追兵。那就不用跑了，解决掉追兵，从来处脱身，也是一样的。

巷道里充斥着肃杀之气。

汪峰的歌声从隔壁的商业街传了过来："这是一场没有结束的表演，包含所有荒诞和疯狂，像个孩子一样满含悲伤……"

瘦高男子转过身来，吴豫终于看清他的脸，他的脸色苍白得像死人一样，眼窝深陷，鼻梁高挺。

"好像不是张池……"吴豫的脑海中闪过已经掌握的张池的相貌。瘦高男子大喝一声，冲向了吴豫。

困兽之斗，最是凶险。

吴豫心中一宽，他还担心犯罪嫌疑人往前硬闯，若是和王北俪遭遇，会伤及王北俪。

在他内心宁愿自己受伤，也不愿意王北俪犯险。

瘦高男子亮出匕首，向吴豫刺过来，吴豫空手对白刃，放开拳脚和他一通打斗。

吴豫在警校的时候就是单兵作战的佼佼者，这瘦高男子哪里是对手，吴豫夺过匕首，掷在地上，瘦高男子复又扑上，吴豫三拳两脚就把他击退。

瘦高男子暗暗后悔，这后面来的追兵如此能打，已经脱身无望。瘦高男子在地上滚了两圈，突然从衣兜中掏出什么物件，只见寒光一闪，他掷出一枚刀片。他手劲大，准头足，刀片破风而来，射向吴豫双眉宇之间。

吴豫大惊，这一手突袭简直是保命必杀绝技！

吴豫仰面而倒，堪堪避过。

就在这时，那瘦高男子再次跃上屋顶，向西跨出两步，向着那歌声传来的方向纵身跳了下去。

“不好！”

吴豫立刻追上去，他知道这个方位是什么地方，目标纵身跳入的地方是商业大街一个酒吧的后院。那个小酒吧不大，只要穿过它，就能跑出商业大街的闹市。

瘦高男子知道脱身无望，狗急跳墙，竟然想往闹市跑去，如此凶恶之人，若逼入闹市，人群是否会受到伤害？

“目标往商业街跑了！”吴豫通知王北俪。

吴豫也稳稳地跳落酒吧后院，那瘦高男子慌乱地闯入酒吧，慌不择路，酒吧的音乐声被打断，酒客的惊呼声、酒保的叱咤混成了一片。

吴豫冲进混乱的酒吧时，瘦高男子已经快要跑到酒吧的门口，仿佛在找什么人。他环顾了一下四周，便冲了出去。

酒吧的门口是热闹的商业大街，灯火通明，人头攒动。

“救命！救命！”瘦高男子疯狂地大叫大嚷，推开人群。王北俪、钱雨等人已经赶到了现场，并形成阵形，不远不近地围着瘦高男子，他们在等待胡夏峰的指示，在闹市中抓捕毕竟存在风险。

吴豫心中一震，不对，这瘦高男子不是张池，他此举反常！他身上揣着窃取来的国家秘密资料，一旦被抓，人赃并获，可判重刑。

反常必有妖。

“啊哟，不对！”吴豫停下了脚步，他回过头，刚刚混乱的小酒吧里慌张地跑出许多酒客。

吴豫的脑海中闪过刚刚酒吧的场景，瘦高男子的一个举动闪过了他的脑海——瘦高男子在疯狂逃命的情况下，却在酒吧停顿了一下脚步，他不光停顿，还环顾四周。他熟悉这一片的环境，知道这里有个酒吧，也知道如何跳入酒吧的后院，他不是在找酒吧的出口，而是在——找人！

“他还有同伙！”一个念头从吴豫脑海中冒出。

这瘦高男子是在吸引火力，他大声喊，是在提醒暗处的张池快跑，他敢嚷嚷，必然已经把优盘扔了，他身上没有优盘，是想让国安局无法人赃并获。

他来接收于柏浪的优盘，但他并不是张池。他极有可能只是张池的一个马前卒。

“北俪，优盘说不定已经不在他身上了。”吴豫沉声道。

耳机那头的王北俪道：“我查酒吧。”

耳机那头的钱雨道：“要不要先按住他？”

胡夏峰没有回复。

吴豫凝神静气，看着酒吧门口，时间仿佛突然变慢，所有张望的人群都变成了影片里的慢动作，商业大街的灯光变得缓慢流动起来。

酒吧旁边转角有一个瘦小的身形忽然转身，向巷口走去，警觉地避过了吴豫的目光。他穿着卡其色的风衣，戴着渔夫帽，帽檐压得很低，他的后颈处有一个奇怪的文身。

吴豫不再理会瘦高男子，王北俪他们会形成阵形把他包围住。

吴豫向那“文身男”快步走去。

那瘦高男子也看到了吴豫的举动，他心中大惊，吴豫果然识破了他的同伙。他不再逃跑，反而猛地转身，奔了几步，向吴豫扑过，来抱住了吴豫的腿。

吴豫被扑倒，瘦高男子缠住了他，他心念一动，已经明白其中的道理。从瘦高男子的反应来看，他在保护这个“文身男”，他在拖延吴豫，让“文身男”先走！

吴豫急于摆脱瘦高男子，那个“文身男”有问题，极有可能就是真正来接收优盘的张池，瘦高男子不过是中转传递者和挡箭牌，如果瘦高男子断线，这个“文身男”也可以脱身。

吴豫的脑海中闪过掌握的张池以往犯罪的特点，他曾组织抢劫钟表行，马仔亲力亲为，他在现场暗处“督战”。他转投窃密犯罪后，犯罪心理的惯性多半不会改。

王北俪已经带人控制住了酒吧。

那个“文身男”已经收到瘦高男子的示警，现在只能赶紧撤逃。

这样缜密、狡猾的行事风格，他才是狡猾的主犯张池！

别想跑！吴豫用力蹬瘦高男子的手。

“钱雨！钱雨！有个穿风衣的……”他向耳机喊话。

不等他的话喊完，地上的瘦高男子大叫起来：“打死人啦！

打死人啦！警察打死人啦！”

周围群众停住了脚步，许多人围了上来。

吴豫胸中一股无名火起，他眼看着那“文身男”就要逃走，使出浑身力气，终于摆脱一条右腿的束缚。

“警察打人啦！大家快看！救命！”瘦高男子像疯子一样大叫。

群众越围越多，眼看那主犯就要逃脱。

吴豫提起右脚，灌注力量，他在警校的时候有个外号，叫作“飞毛腿”，腿法十分了得，人职后屡次执行任务，他的腿法都立了奇功。

吴豫恐怕永远也想不到，这一脚将会改变自己的人生。

许多年后吴豫想起这一刻，他都无法判断自己当时的决定是对还是错，或许就只是一种本能。

他只想挣脱纠缠，去抓捕主犯。

吴豫一脚踢了出去，瘦高男子闷哼一声，果然松开了手。

吴豫爬起来，慌忙向那个“文身男”逃走的方向追去。那是一个深不见底的小巷，他追了进去，绝不能让主犯在自己的眼皮底下溜走。

“吴豫！吴豫！你的位置？”胡夏峰的声音在耳机里响起。

胡夏峰已经擒住了于柏浪。

“北俪，优盘找到了吗？”胡夏峰喊。

片刻过后，王北俪果然在酒吧里搜出了优盘。

这个优盘有多重要，不言而喻。一旦提供给境外机构，不光对我国的航天部门，甚至对我国的整体军工实力都是一个沉重的打击。王北俪如释重负，长舒一口气，笑了起来，她的酒窝很深。

就当诸人欢呼高兴的时候，钱雨惊慌的声音在耳机里响起：“头儿……出事了。”

商业大街的路灯很漂亮，帆船造型的灯罩透出温暖的灯光，大街两旁的法国梧桐树掩映着各种夜生活的多姿多彩，可是此刻的行人却都被吸引到了一处地方。

他们围着这家酒吧外不远的路边空地，有人议论，有人指指点点，有人用相机拍照……

当然，也有人报警，有人拨打了120。

躺在地上的瘦高男子口中流出污血，已经一动不动了。

“刚刚那个年轻人被打死了。”

“好残忍，一脚就踢死了一个人。”

“是争风吃醋？”

“不知道啊，这得有多大的仇恨？”

赶到现场的胡夏峰惊呆了，他脱下外套，做成头枕，垫高了瘦高男子的脑袋，他开始做基本的心肺复苏抢救。

可是任他如何抢救，都已经不可能挽回局面了，这个瘦高男子已经死亡。

远处警笛响了起来，公安接到报案已经出警。

胡夏峰对着耳机喊：“全部撤退，注意纪律，敌人在暗，别露脸，我留下和公安的兄弟协调处理。”

他抬起头，看见去巷子里追捕一无所获从而返回的吴豫。

二人四目相接。

你闯祸了，知道吗？

吴豫呆立当场，一种被命运扼住喉咙的恐惧感涌上了心头。

他仿佛被地上的黑影吞噬。

2000年的吴豫二十五岁，他不知道的是，他的整个人生将会从这一刻发生巨大的变化。

02

新人

2019年，世界发生了翻天覆地的变化。

十九年前的胡夏峰，不会想到科技的快速发展会给社会生活带来如此巨大的变化。

2019年，网络已经基本普及全球，微信和支付宝改变了人们的支付和交流方式。

2019年，5G网络已经呼之欲出，“嫦娥五号”月球探测器计划发射。

2019年，已经升任滨海市国家安全局副局长的胡夏峰，依然还保留着当年那股干劲。

只是他已不再年轻。

用文字和笔黑轻描淡写地带过十九年的时光，只需要“只是他已不再年轻”几个字，而现实中，十九年的时间却可以发生很多事。

有的事，足以改变人的一生。

比起十九年前，胡夏峰的脸上多了许多沧桑痕迹，岁月磨平了他的棱角，也增添了他的沉稳和厚重。

他的办公室是朝东的，房间不大，符合副局长规格，房间采光一般，窗帘是整个大楼统一的海军蓝，布置简单，胡桃木的办公桌上放着一台老式的电脑，保密柜里锁着许多本子，他似乎更习惯用笔来记录案件，而不是用计算机。

他这十九年都沉浸在保卫国家安全的工作中，在他看来，虽然电子信息技术在不断进步，但是人心却是最不可计量，也最难以突破的。原始的人力工作，是先进的技术手段不可替代的。

这个观点，他曾经和一位战友讨论过，那个战友当时很赞同他的说法。他说，只要国家的界限还存在，危害国家安全的犯罪就不会消停，斗争也就不会终止。

胡夏峰看着办公桌上的两个精美的相框，第一张是他和王北俪的合照，第二张的年份似乎更为久远，那个时候的胡夏峰还是愣头小子，脸上洋溢着青春气息，阳刚中带着活跃。照片里还有两个当时他最亲密的战友：一个是王北俪，她已经于多年前成为他的妻子，另一个叫吴豫。三人当年一起参加工作，恰同学少年，正青春年少，挥斥方遒。

胡夏峰常常看着老照片，想着吴豫这倔驴现在到底在何处。

如果不是当年的抓捕工作出现意外，吴豫的人生应当和现在不一样，他一定还在和自己并肩作战，破获许多案件，胸前挂满勋章。他们二人一定会在下班后的某个夜晚，在海滨沙滩上喝着啤酒。

可是，这世间最不能做的，就是假设。人生，没有如果。

“丁零零……”胡夏峰的专线响了起来。

“胡局，‘10 · 5专案’有新情况了，局长有请，三楼会议室。”电话那头是局办公室主任罗晓。

胡夏峰一听“10 · 5专案”就皱起了眉头。这个案子是去年10月5日发生的，滨海市重点保密科研单位901所失窃了。

901所承担着中国的尖端航天密码系统研发工作，是国防重器，也是国家安全的要害部位。在境外科研资料交易的行情里，有境外科研组织开出高价，要收买901所研发的最新成果。有高利之诱惑，自然有铤而走险之徒。去年10月5日，901所发生了失窃案件，经过国家安全局的专业研判，确认是情报犯罪活动无疑。

会议室的窗户擦得很干净，从内往外望，是滨海阴冷的天空；从外往内望，却是一片漆黑，像国安局这样的单位，外玻璃肯定是单向透视。

老局长正襟危坐，半合双眼，他头顶的一面墙上悬着巨大的党徽，昭示着这条隐藏战线的队伍，是和党相伴而生的。他的面前是一张长长的会议桌，会议桌延展向北，直达墙面，白墙之上，铸着“对党绝对忠诚，甘当无名英雄”几个大字。

会议桌的两侧坐着本次参会的各级干部，副局长胡夏峰领衔向老局长汇报“10 · 5专案”的进展。参会人员面色凝重，可见案件进展甚微，由于案件涉及极高机密，老局长特别强调必须严守保密纪律，不得在任何场合谈及，更不能记录。

“以上是我们掌握的‘10 · 5专案’的所有情况。”

灯慢慢亮起，胡夏峰结束了报告的PPT播放。

抛开涉密的案情不说，胡夏峰等人的凝重已经显示出案件的棘手。

老局长语重心长道：“必须尽快破案啊……901所研发的东

西非同小可。”

901所评估了当前的情况，犯罪嫌疑人窃取的是一套密码系统五个载体的其中一个，只要拿到手就能掂量出这有多重要，犯罪嫌疑人自然还要来想办法搞到剩下的四个。

如果敌人成功，危害性非同小可。

危害性到底有多“非同小可”？

901所此次被盯上的是中国航天科研的核心前沿资料，抛开一些比较生涩的词汇，用普通老百姓能听得懂的方式通俗点说，就是换算成人民币能造成多少经济损失，9亿元！当然，也可以再用另一个更通俗的方式来描述，那就是可以报废一个运载火箭！

国家的钱，也就是老百姓的钱。

窃国之徒，危害甚大。

战斗还没有结束，老局长就要退休了，这可是他的收官之战。有传言胡夏峰就是老局长的接班人，这对于他来说，更是职业生涯的挑战。

老局长的目光扫了过去，坐在胡夏峰下首的是已经升任侦查处处长的钱雨，再往下坐着侦查处的两三名干警。

在很长一段时间里，胡夏峰、王北俪、吴豫三人是搭档铁三角，后来胡夏峰和王北俪结婚了，出于任职避嫌的规定，王北俪主动申请调到了别的处室。

“嗯？你们处里的那个小刺头呢？”局长突然道。

胡夏峰和钱雨面面相觑。

“哪个小刺头？”

老局长笑道：“那个在警校就拿了见义勇为市民奖章的小青年。”

“郭伟杰？”胡夏峰微微皱眉，“见义勇为？我怎么不知道？”

提起郭伟杰，气氛稍稍缓和了一些。

钱雨笑道：“这郭伟杰确实是个小刺头，还在念警校的时候，有次和同学外出，撞见有人抢包，他们二人上前制止，遭遇歹徒反抗，二人激烈搏斗，当街把歹徒揍了一顿。当时打得那叫一个凶，那抢包的歹徒实在受不住，高呼‘快报警’，围观群众误以为他们俩才是歹徒，110的同志过来之后，整了半天才明白是俩见义勇为的好青年！”

胡夏峰道：“哦，郭伟杰来你处里有一些时间了。”

得知局长都对自己手下的干警上心，钱雨不由得有几分得意，说道：“在我处里三年了，这个年轻人很有些才干，这几年进步很快，破获了不少案件。”

胡夏峰淡淡道：“才三年啊，还年轻，还需要锻炼。”

钱雨顶了胡夏峰一句：“胡局，年轻人有年轻人的长处，要给年轻人施展的空间，不要打压他们。”

胡夏峰不悦道：“年轻人还是需要多锻炼下，磨炼洗涤下心性，不然要出乱子。”

钱雨道：“并非每个年轻人都像当年的吴某人。”

胡夏峰截然道：“够了！”

老局长道：“有时候，年轻人思路活、敢闯敢打，说不定就能打破僵局。”

胡夏峰问道：“局长，您的意思是……”

老局长微微一笑：“‘10·5专案’你考虑考虑吧。”

胡夏峰不动声色：“他行吗？”

郭伟杰是刚刚从警校毕业的优秀生，一毕业就招录进了滨海市国家安全局，成为一名侦查干警，在侦查工作方面颇有才干。

用钱雨的话来说，这小子有悟性，一点就通。可是胡夏峰就是不待见他，事事对他严格，有人看不下去了，私底下议论说胡局长容不下这有才的小子，觉得这小子有点恃才傲物呢！

其实，胡夏峰这十九年来身经百战，早就百炼成钢，心胸豁达岂会没有容人之气度？

胡夏峰内心的真实想法，谁也不清楚。任你想破脑袋，也不会猜到胡夏峰对郭伟杰的严格，源自胡夏峰与郭伟杰见的第一面。

胡夏峰从初见郭伟杰起，就觉得郭伟杰和当年的吴豫相貌太过相似。当时的场景太过戏剧化，胡夏峰在给新入警的年轻人召开入职大会前，在过道里遇到了有些紧张、有些激动的郭伟杰——刚刚从学校毕业、历经重重选拔、考入国家安全局的警校小年轻，怎能不意气风发？第一次站上这庄严静穆的入职宣誓台，又怎能不心潮澎湃、内心激荡、情绪紧张？胡夏峰看了郭伟杰半天："你……你叫什么名字？"

郭伟杰当时不知道这就是局领导，但从衬衫和肩章上还是识别出了这是一位上级，他按捺住紧张情绪，一并腿："报告！我叫郭伟杰，老家在湖北，毕业于滨海警察学院，所学专业是刑侦学。我在学校共计学了22门课程，包含射击、枪械、审讯在内的5门课我拿了全班第一。在入职前的初任培训中，我综合课程得分是93分，我的理论课程得分是……"

他简直要一口气把自己的家底都倒出来了。

胡夏峰忍俊不禁："我问你姓名，你说那么多干什么？"郭伟杰正色道："领导问我姓名，肯定是想认识我、了解我，我如实汇报，以后领导有用得着的地方，第一时间就能想起我。”

“像……长得真像……”胡夏峰心中道。他心中想的是面前的这个小子，真像当年闯祸的吴豫！那个他最好的朋友。若不是郭伟杰性格活泼跳脱，与和石头一样的吴豫截然不同，他简直要以为是当年的吴豫再现眼前！

胡夏峰时常在想，年轻的郭伟杰和当年的吴豫，这相隔十九年的两个人，会不会在某个时空之中有一些交集？

他知道自己是唯物主义者，这样的想法不过是聊以自慰。可是他看到郭伟杰，还是会陷入对吴豫的怀念中，于是他对郭伟杰的要求就更加严格。

这无辜的郭伟杰，在局里屡屡受到领导的严苛要求，却也不在意，他迎难而上，短短时间不断侦破大案，成为业务骨干，这一切胡夏峰都看在眼里。

胡夏峰和王北俪曾在一次晚饭后的散步中，聊起局里的年轻人，此时此刻的他们和十九年前的胡夏峰、王北俪、钱雨、吴豫何其相似：“我们终将要退休，事业始终需要有人接棒。”

郭伟杰和吴豫相貌相似，性格不同，但工作作风却都是过硬的——此刻的他，正带着自己的工作小组突审另外一个案件的嫌犯。

审讯室外，郭伟杰刚刚喝了杯咖啡，站起来，透过单向玻璃看审讯室里边。

审讯室里边一个皮肤黝黑、身材瘦弱的猥琐男子正在接受讯问。这男子是刚刚落网的一名网络技术黑客，因为涉嫌接受境外科研机构雇用，对我国开展网络窃密，被郭伟杰带队抓获。

那黑客嗓子像破锣一样响起：“钟警官，我要说几遍你才相信？我刚从泰国度假回来，机票都在呢，怎么可能像你们说的和什么网络窃密有关？”

那黑客对面的高个子年轻干警肩带一杠两花，已经不是刚刚面对犯罪嫌疑人的愣头青，局里都叫他大钟。

大钟一清嗓子：“你小子别给我来这套，国内能做到这样技术的人，我一只手都能数完。更何况那么巧，你一去国外度假，这边就出事了？”

“喂喂喂，这就是有罪推定了。我要见律师！”

郭伟杰和周佳佳站在审讯室的玻璃后注视着，郭伟杰一言不发死盯着嫌疑人，突然他转过头。

郭伟杰道：“周姐，让钟哥出来吧，这小子不会说的。”

周佳佳道：“组长，他的律师提出取保候审。”

郭伟杰脸色冷峻：“这人顽抗心理强，表情、语言没有任何破绽，普通讯问策略没用，只能硬杠……所以，先别放人，先等技侦科确定了IP地址再跟他对质，若是过了讯问黄金时间，只怕这家伙要飞上天去！”

周佳佳点点头，进审讯室打断了两人的对话。

郭伟杰离开房间往楼上的档案室走去。

“伟杰，胡副局长有请。”一个老同志跑过来，“我找你半天！你小子死哪儿去了，不待在办公室。”

郭伟杰一笑，插科打诨的话张嘴就来：“我的手机锁外面呢，涉密场所不能带手机，我的女同学还一个劲儿地找我呢！耽误我终身大事，我找局领导要赔偿去。”

胡夏峰的声音从背后响起：“我怎么听着像是有人要碰瓷呢？”

“局长！”郭伟杰一并腿，站得笔挺。

胡夏峰冷冷地横了郭伟杰一眼：“局里说话注意点。”

郭伟杰答：“是！”

胡夏峰板起脸，不怒自威，有慑人的气势，郭伟杰像是撞见猫的老鼠，立刻就老实起来了。

胡夏峰语气缓和，道：“不能带手机，就脱不了单吗？”

郭伟杰低头：“这个……”

“回答‘是’还是‘不是’！”

郭伟杰道：“不是！”

胡夏峰冷笑道：“我今天教训你三件事：第一件，国安的侦查干部，能人所不能，连个女朋友都沟通不好，还指望你能和别人沟通？十句话之内要把陌生人谈熟，这点基本功都欠缺，能独立出去做访谈？能独立出去查案子？啊？”

郭伟杰倔劲儿发作：“谁说我不行？不劳领导操心！”郭伟杰自己内心也清楚，胡夏峰独独对他特别严苛，这已经是局里不用点破的秘密了。

胡夏峰道：“我不操心你的私人生活，我操心你能不能胜任工作！”

郭伟杰一字一句道：“那就请领导指示！没有我不能胜任的事！我要是不能胜任，我就滚一边去，省得领导见着我烦。”

“自信得很嘛，小同志。”

郭伟杰眼望天花板，道：“局长刚刚教训了，国安干部能人所不能，要是连自己都信不过、没底气，怎么和别人沟通？怎么去做调查访谈？”

“学得倒挺快，拿着！”胡夏峰扔给郭伟杰一个授权卡，

“去取档案，给你半天时间，把档案看完。”

“这是什么？”郭伟杰一愣。

胡夏峰一字字道：“我教你第二件事，话别说太满，是骡子还是马，先牵出来遛遛！你要是不能胜任，就滚一边去。”

郭伟杰：“那第三件事呢？”

胡夏峰：“前面两件事做好再说！”

03

雷霆专案

周佳佳比郭伟杰小一岁，可是郭伟杰却叫人家“周姐”。周佳佳参加工作比郭伟杰早一年，郭伟杰刚进单位的时候，还以为周佳佳比他年纪大，开口就叫“姐”，后来成了习惯也改不了口。

周佳佳这个“姐”却不是白当的，她在平日里对郭伟杰多有照顾。郭伟杰刚刚从胡夏峰手里领了个不好干的活儿，他需要找到一本非常老旧的档案。在国安局的纪律里，每个案件都有相应的密级也就是相应的知密范围，所以，若不是工作需要并得到领导授权，任何人是不得去翻阅超出自己职责范围的秘密档案的。

郭伟杰现在拿着胡夏峰的授权卡，要找一份年代久远的档案，他还不明白胡夏峰到底是什么用意，反正先把档案看了再说。

可是，事实上这个找档案的工作，直接就把郭伟杰拦了下来。郭伟杰在电脑里搜索了一通，一无所获，他想，想必是这案件非常久远，当年还没有普及电脑，档案归理工作完全靠人力，那么现在就需要去历史资料库里寻找。

他拿着授权卡，看着授权卡上胡夏峰亲笔签书的案件号，在弥漫着历史厚重气息的纸质档案室里找了一通，仍然一无所获。他一屁股坐下来，这下好了，刚才还跟胡局长叫板，说自己什么都能胜任，话还没落地儿呢，就要被“啪啪”打脸了，这档案没找着，门儿都没摸进，就更别说胜任案件侦破工作了。

他越想越不服气，胡局长不会是故意玩儿我吧，给了一个根本就不存在的案件编号？

编号？郭伟杰一拍脑袋：找周姐！

周佳佳长年干内勤工作，对于档案的编排可是熟悉得很。

郭伟杰找来周佳佳，向她说明来意。周佳佳没有答应：这可是胡夏峰扔给郭伟杰的难题，没准儿胡夏峰就是故意要让郭伟杰知难而退，若是他知道旁人插手相助，恐怕要不高兴。

见周佳佳不允，郭伟杰便施展话术攻势，把周佳佳给说得开开心心的。

“咋的了？你和胡老大杠上了，才刚刚上手就被拦住了啊？”周佳佳一边整理手上的档案，一边笑着调侃郭伟杰。

“我的好周姐，俗话说术业有专攻，要在这浩如烟海的‘案卷海洋’里捞出‘针’来，非你莫属！胡局长这随手写的案件号，我觉得多半是弄错了，根本就没这编号。”

“好啦，别把我夸上了天，我站你的队，拿来。”

周佳佳看了授权卡上的案件号半天，终于明白了：“这一组案件数字代号，是后来统一对案件进行编号后调整的，以前使用的不是这种编号。”

郭伟杰道：“胡局长这不是故意坑人吗？”

周佳佳道：“这新旧编号之间有一定的对应关系，若不是专业的档案管理人员，是很难从现在的编号推知过去编号的。”

郭伟杰一拍脑袋：“这就像是一个错了位的密码。”

周佳佳道：“对于你来说，这可能是密码……”

“对于周姐来说……就不是啦！”郭伟杰大喜。

这对周佳佳来说，是基本功。

周佳佳拿出纸笔，迅速地将新旧编号重新做了还原，郭伟杰把答案拿在手上，长长地呼了一口气。

周佳佳奇道：“咋了？”

郭伟杰神色复杂，道：“胡局长想必是算准了我会来向你求助。”

周佳佳道：“你怎么知道？”

郭伟杰道：“只因他要教训我的第三件事。”

周佳佳道：“什么事？”

郭伟杰又叹了口气，学着胡夏峰的口吻：“年轻人须以团队为重，每个人都有强项，别以为自己什么都会！”

周佳佳“扑哧”笑了：“孺子可教！”

郭伟杰道：“周姐，你记得这个编号是什么案子吗？”

周佳佳想了想，说道：“案件内容我不知道，不过在档案室的大概位置我知道，是‘雷’字头代号的案件。”

“‘雷’字头？”

周佳佳道：“对，从编号上来说，应该是十九年前的案件了。”

郭伟杰摸着下巴：“十九年前？胡局长要我去找这个档案干什么？葫芦里卖的什么药？”

周佳佳道："你凭现在手上的案件编号找到它，不就知道了？"

"'雷'字头的案子，看来不是小案子。"郭伟杰道。

周佳佳道："可是我依稀记得，所有'雷'字头的案件大部分都已结案，胡老大为什么要让你找？"

郭伟杰拿着手上还原出的案件编号，发愣出神。

他永远也想不到，自己会翻开一页厚重的历史。

昏暗的档案室里，郭伟杰按图索骥，终于找到了那卷档案。这档案并不很厚，翻开第一页，案件代号就跃然眼前："雷霆专案"。

"雷霆？"郭伟杰挠了挠头，"十九年前的旧案？这不是2000年的事儿吗？"

郭伟杰心中失落，原来不是让自己上手现实斗争中的大案子，他心中狐疑：胡夏峰副局长葫芦里卖的什么药，要让自己来翻找个陈年旧案？目前局里最严峻的案件，莫过于"10·5专案"了。胡夏峰副局长若是要考验自己，自然是让自己参与侦办"10·5专案"才对，去找什么2000年的陈年旧案，还用一个新旧重新编号的方式故弄玄虚。

郭伟杰的脑子好使，他灵光一闪，胡夏峰副局长素来睿智，恐怕不是故弄玄虚，2000年侦办的"雷霆专案"和"10·5专案"这两者之间一定有所关联。

郭伟杰快速翻动档案卷宗，发现在案卷的第一页，案件结果一栏里写着——成功阻止了窃密。

卷宗并不厚，郭伟杰很快就翻完了，在案件的描述中有一句话特别扎眼："一名嫌疑人当场死亡。"

死了？怎么死的？连审讯的机会都没有？

郭伟杰翻了两遍档案，感觉没有太多有用信息，一看表，胡峰副局长给出的半天时间已经到了，他还是没能明白胡峰副局长让他查找旧案的用意。

郭伟杰收起卷宗，离开了档案室。食堂开餐的时间到了，他已经忙活得饿了。

食堂窗口里只剩下一个菜，师傅索性全倒给了郭伟杰。

郭伟杰端着盘子寻找座位。

周佳佳招呼道："组长，这里。"

大钟坐在周佳佳旁边，大钟把凳子拉开，给郭伟杰让出一个座。

周佳佳压低声音，道："我听说局里来了个棘手的案子，要在各科室抽调警员成立专案组。"

郭伟杰早就知道了，道："不就是'10·5专案'吗？"

大钟嘴巴里嚼着食物："我知道，而且呀，托伟杰的福，咱仨这次没在名单上。"

郭伟杰奇道："嗯？"

他疑惑起来，难道自己估计错了，胡夏峰只是让自己翻找"雷霆专案"，难道这两者真的没有关联？

"'10·5专案'，我倒还真的有点兴趣。"郭伟杰慢慢吃着饭，他饭量不大，还比不上周佳佳。

"'10·5专案'现在还没有破案头绪，"大钟道，"上面压力又大，如果办不好……这种案子，还是少碰。"

郭伟杰不屑道："没有头绪？这不是咱们的强项吗？为什么不要我们组加入？"

周佳佳道："还不是因为你办案太野了。"

周佳佳嫌弃地望了眼郭伟杰。

郭伟杰哭丧着脸道："我哪里野了啊？冤枉啊！"

周佳佳给逗乐了："钱处长是极力举荐你参与案件调查，可是胡局长说了，你还需要锻炼。"

"又是胡局长！"郭伟杰泄气极了，胡夏峰一直以来对他极为严苛，甚至他有时候都在想胡夏峰是不是有意在处处打压他。

面对胡夏峰的"刁难"，郭伟杰时常不服气。今天他终于和胡夏峰杠上了，胡夏峰和他打赌的半天时间已经过了，他根本没有摸清"雷霆专案"是怎么回事，要是下午胡夏峰问起，他这脸就丢大了。

郭伟杰猛然想起"雷霆专案"的卷宗，他放下筷子，道："对了钟哥，问你个事儿。"

大钟正在大口吃着鸡腿，他嘴里"嗯"了一声，一扬脑袋："你说。"

郭伟杰道："你认识咱们局里一位叫吴豫的警官吗？"

大钟可是局里的百事通。

大钟歪着脑袋："吴……豫……不认识，有警号吗？"

郭伟杰摸出兜里的本子，翻到抄下的一个数字："这里。"

大钟奇道："10？没见过，号码那么靠前，应该升上去了吧。"

周佳佳道："我看看。哦，这个警号早没用了啊。"

郭伟杰追问道："没用了是什么意思？"

周佳佳道："以前我还在综合部门的时候，听办公室那群大妈们八卦过，这个吴豫好像出过什么事儿，局里就把他这个警号弃用了。”

郭伟杰的脑门儿一跳，他猛地想起档案卷宗里对案件的最后一句描述：“一名嫌疑人当场死亡。”

郭伟杰忙道：“弃用？意思是他被开除了吗？”

周佳佳道：“嗯，具体的我也不知道。不过钱处长的警号跟这个是连着的，要不你去问问他？”

郭伟杰心念一动：“雷霆专案”到底发生了什么事？嫌疑人当场死亡，我局老资格干警的警号从此弃用，这可不是一般的事件。

郭伟杰和胡夏峰一样，都是聪明人，睿智、冷静。郭伟杰虽然不满胡夏峰对自己过于严苛，但他明白胡夏峰绝对不是故弄玄虚、无事生非的人，这“雷霆专案”已成陈年旧案，为什么十九年后，特别是在“10·5专案”进展艰难的节骨眼上，胡夏峰又要重新提起？

一个奇怪的念头在他心中冒了出来，他再也吃不下饭：“好，你们慢慢吃啊，我先走一步。”

郭伟杰端起餐盘离开，刚走两步又倒回来：“周姐，查下‘10·5专案’里失窃的910科研所的资料，先做做准备，这案子我管定了。”

钱雨的办公室在四楼，郭伟杰去时，钱雨正趴在桌上午休。

同事本想帮郭伟杰将钱雨叫醒，但郭摆摆手，指了指旁边的椅子，表示自己坐着等待便可。

半晌，钱雨揉揉眼睛，伸了个懒腰起来，才注意到坐在一旁的郭伟杰。

钱雨道：“你找我吗？”

钱雨随手收拾桌上散落的文件。

郭伟杰点点头。

钱雨道："这几天太忙了，看着文件睡着了也不知道。"

郭伟杰道："处长身先士卒，值得敬佩！"

钱雨道："来了多久了？"

"没事，我也就刚来。"

钱雨看着郭伟杰，有什么能瞒得过老侦查员的眼睛？一定是有事找自己。

钱雨伸了伸胳膊，道："要不去天台？我抽根烟。"

钱雨以前不抽烟，后来不知什么原因抽上了。

天台的风很舒服。

钱雨熟练地点燃香烟大口猛吸。

郭伟杰道："处长，您对当年国安局侦办过的'雷霆专案'还有印象吗？当时参与办案的有个叫吴豫的警官，能告诉我一点他的信息吗？"

"咯咯……"钱雨被烟呛得直咳嗽。

钱雨道："你说谁？"

"吴豫。"

"不认识！"钱雨说得笃定。

郭伟杰奇道："可我听说他的警号和你是连号，你们应该是同期进国安局的吧？"

"是又怎么样？你问这个干什么？"钱雨一反往常温和的态度，用手把烟捻灭。

郭伟杰很少见钱雨发火，场面有点尴尬："就是随便问问。"郭伟杰背靠栏杆，把玩着手掌。

钱雨道："问问？"

钱雨冷笑，盯着郭伟杰：“保密守则怎么说的？不该问的，不能问！”

郭伟杰道：“我查资料发现‘雷霆专案’的记录里有很多细节不完整。资料上显示当时犯人是他抓的，所以想找他聊聊，可我在国安局没见过他。”

钱雨瞪大了眼睛：“谁授权你查案卷的？”

郭伟杰意识到问题有点超出自己理解的范围，钱雨是自己的顶头上司，胡夏峰是钱雨的上司，胡夏峰这样越级向郭伟杰授权，似乎有点忽略钱雨的意思。这都不是最要紧的，要紧的是钱雨的这个反应实在有点反常。胡夏峰是不是故意在避开钱雨？听说钱雨今天和胡夏峰还因为他的事在会上顶了起来。

在“雷霆专案”的案卷里出现过的当时几个办案侦查员里，正好有钱雨，难道钱雨和案件有些什么不正常的关联？

钱雨提高了声音：“谁授权你查案卷的？”

郭伟杰低下头：“是……胡……”

钱雨打断了他：“胡局长是不是？”

郭伟杰道：“是。”

钱雨盯着郭伟杰，一字一句道：“那个警号是我们的耻辱，既然是胡局长安排的，那你就去问他。”

钱雨转身离开了天台，留下郭伟杰呆立当场。

他头顶上的天空不停旋转。

语焉不详的“雷霆专案”、讳莫如深的吴豫、消失弃用的警号、反常态度的钱雨、神神秘秘的胡夏峰……2000年到底发生了什么事？

04

百口莫辩

在2000年那场追捕行动中，当场死亡的瘦高男子后经核实身份，叫郑晋，是向境外非法提供国家秘密犯罪嫌疑人张池的同伙。

郑晋在扭打中缠住吴豫，吴豫为脱困，一脚踢中了他，郑晋在地上挣扎了几下就不动了。

当时的行动指挥胡夏峰赶到现场的时候，曾试图对郑晋开展抢救。郑晋在与吴豫纠缠的时候，曾高喊“打死人了”，围观群众不明所以，便打了110报警电话。

胡夏峰看着地上的郑晋，已经回天乏术，群众围了上来拍照的拍照，议论的议论，一时间场面混乱。胡夏峰的脑子飞快转动，郑晋为什么要大喊大嚷，为什么要缠住吴豫？

吴豫跑了过来，他看着胡夏峰，二人四目相接。

你闯祸了，知道吗？胡夏峰在心里喊。

吴豫呆立当场，这一脚怎么就把人踢死了？

“就是他！”

“好凶残啊，把人活活打死了。”

“警察马上就来了，你跑不了了。”

群众围上来，和吴豫远远地保持距离，又远远地将吴豫围住。

吴豫和胡夏峰被群众隔开，吴豫正要开口：“你……”

胡夏峰示意他别说话。

这瘦高男子郑晋好反常。是了，他是故意在拖延吴豫，吴豫一定发现了其他的什么线索。

这是不是敌人的弃卒保帅之计？换言之，敌人在暗处，可不能露脸。

胡夏峰对着通话器，让王北俪等人全部撤退，自己和吴豫留下处理这场事件。

国安的干警们开始分别上车撤退。

王北俪和钱雨已经意识到出了事故，王北俪已经从酒吧里搜回了那个被窃的优盘，这个优盘装有极其重要的国家科研机密。以现有技术，这种优盘不可能软硬件分离，敌人无法在现场读取优盘中的数据后通过网络发送到境外，换言之，只要优盘截获，就已经阻止了他们向境外非法提供国家秘密的企图。

吴豫当街踢死了嫌疑人，一场阴霾涌上诸人心头。

钱雨心中大疑：吴豫发现嫌疑人已经把优盘丢在酒吧之后，我向胡夏峰请示是否要先按住嫌疑人，胡夏峰的通话器没有答话，在这个节骨眼上，胡夏峰去哪里了？

驾车的钱雨看了一眼王北俪，王北俪脸色很不好，吴豫这可怎么办？要不是胡夏峰那一瞬间失联，钱雨已经带人上前按住郑晋，吴豫也不会被郑晋缠住，更不会一脚就踢出人命。

公安警员出警抵达了现场。

“不许动！”

吴豫转过头，只见警灯耀眼，他自己也是警察，在众目睽睽之下，第一次被警枪指着，这滋味真的是难受极了。有那么一瞬间，他想亮出证件告诉同为警察的公安兄弟，自己也是警察，自己是在执行公务遇到犯罪嫌疑人拒捕、袭警，甚至还阻碍他追捕正要逃走的主犯。

可是，专业的素养让他迅速分析了形势：敌人不就是为了制造混乱吗？郑晋不就是为了让群众围上来，逼着他暴露身份、投鼠忌器吗？王北俪确实把优盘找到了，可是敌人还在暗处，当着群众亮明身份，还有可能引发炒作，给下一步追缉“文身男”的工作带来障碍，这太不明智了。

公安的警员又大声喊：“抱头，蹲下！不得反抗！”

吴豫抱头、蹲下，他的内心一阵委屈，从进警校开始，他就觉得自己是正义的化身，此刻竟然被当成杀人犯，他真的是又着又怒，自己中了郑晋的计！

敢拿命来坑你，你还不被玩死？

吴豫看了一眼胡夏峰，眼神里满是委屈。

胡夏峰的眼神坚定、沉稳，仿佛在告诉他几个字：配合，别反抗。吴豫被带走后，胡夏峰立刻向上级汇报，时任滨海市国安局局长的鲁维汉高度重视这次执法意外事件。

鲁局长带着胡夏峰亲自上门向滨海公安局通报情况。公安的兄弟获悉原委，都面面相觑：吴豫竟然是国安的人，这小子从进了局里就一句话不说，还以为是哑巴呢！胡夏峰不知该喜该忧，这吴豫真的是素质过硬得很！

一个警员犯了难：“现在外面到处传吴豫同志打死了人，这可怎么办？”

胡夏峰认出了他，他是之前出现场的警员。

2000年的时候，互联网已经开始起步，网络信息一传十、十传百。由于事件发生在滨海闹市，滨海当地的论坛上已经出现关于事件的帖子，要求公安方面给个说法。

要不要公开回应民情？回应，则公开了吴豫的身份和案情；不回应，公安则更难办——杀人犯难道可以不伏法吗？网络暴民和键盘侠不管在2000年，还是在2019年，都同样存在。

现在需要搞清楚的另一件事是：吴豫在这个事件中，有没有过失、有没有责任？

两家的局长进行了长达两小时的会商，最后决定吴豫先行由鲁局长带走，由于还有在逃的犯罪嫌疑人藏在暗处，吴豫踢死郑晋一事，先由国安局开展调查，由国安局限制其自由活动。

至于郑晋的死因，需要等法医进一步解剖才能知道。

根据案件分工，如果吴豫涉及执法过当或者因为其他原因致人死亡，公安局应当依职能查办，国安局也不能包庇。

鲁局长的车是老式的皇冠，车辆缓缓从滨海市公安局大门开出，驾驶员小王开着车，鲁维汉、吴豫和胡夏峰坐在车上，车内别提有多沉闷。

胡夏峰看了看吴豫，二人默契颇深，彼此也读懂了眼神：哥们儿你得说点什么啊，你得向鲁局长解释啊。

吴豫开口道：“局长，我……我是急于去追人，才失手……”

鲁维汉没有说话。

胡夏峰着急，这石头连话都说不好，什么叫“失手”，承认

“失手”就是承认执法过当，就是承认自己过当、过度的行为造成了嫌疑人的死亡，要承担责任！

胡夏峰接口道：“局长，吴豫是正当防卫啊，那人拒捕，还袭击吴豫！”

鲁维汉终于开口：“是不是正当防卫，不是你说了算。”

胡夏峰一愣，他正要继续申辩。

鲁维汉一挥手，示意他别说了。

鲁维汉冷冷道：“为有担当者担当，这没错，可我们是法治国家，众目睽睽下执法过当，你胡夏峰没有责任？你怎么做事的？”

吴豫一捏胡夏峰的手，意思是说，别为我说话了，当心你挨批。

车辆回到滨海市国家安全局的时候，天都快亮了。

滨海的黎明薄雾层层，有些湿润。

下车后，胡夏峰不自觉地打了个喷嚏，他悄悄看了一眼鲁维汉的脸色，鲁维汉的脸色阴晴不明。

钱雨和王北俩迎了上来，跟在后面的还有五名102处的同志。

国安局部门里的“102处”，是个代号，全称是“内部纪律监察部门”。

102处领头的人叫肖波，和胡夏峰是老乡，平日对胡夏峰客客气气。

肖波走上前来：“局长。”

鲁维汉点点头。

肖波转身向吴豫道：“吴豫同志，交出证件和武器，跟我走。”

胡夏峰立刻意识到了事情的严重性，鲁维汉启动了内部程序调查吴豫。

“这是什么意思？”胡夏峰瞪着肖波。

肖波道：“夏峰同志，我们照章办事。”

胡夏峰讽刺道：“现在敌人没干掉，自己人就干起来了？”

肖波淡淡道：“夏峰同志是不是对我们的工作有什么误解？该好好学习一下了。”

“你——”

肖波的态度直接激怒了胡夏峰，气氛一时剑拔弩张。

胡夏峰大声道：“我能有什么误解，我们侦查干部在外面出生入死，吴豫有什么错？”

肖波不卑不亢道：“吴豫有没有违法违纪，我现在无法回答你，我们会进一步调查。侦查干部也是人，是人就会犯错，这就是我们部门存在的原因！”

“少狐假虎威！”

“放肆！”鲁维汉喊道，“你们俩当我是摆设吗？”

胡夏峰激动道：“局长，我是这次行动的指挥，我来承担责任，是我没果断处理，要是提前按住嫌疑人，他就不会缠住吴豫了！”

肖波冷冷一笑，向后面的同事道：“记录下来了吗？刚刚胡夏峰同志交代，他说他要承担责任，他承认了自己的过失。”

“王八蛋！”胡夏峰卷起袖子，就要去抓肖波的领口。

肖波还在微笑着。

这种场面肖波见多了，当着鲁局长的面撒泼，胡夏峰只会把局面越搞越糟。别说吴豫了，你胡夏峰能不能脱责，都不一定呢。

鲁维汉喝道：“胡夏峰，住手！”

胡夏峰僵在当场。

“不关胡夏峰的事，是我的错。”吴豫的语调一如往常的孤冷。

吴豫交出证件，看着肖波：“我跟你走。”

05

你中有我

办公桌上的电子日历显示时间是2019年，时间正在嘀嘀嗒嗒地向前走。

郭伟杰正无聊地看着小本，往墙上扔网球，弹回又接住。他的脑海里闪过另一个出现在“雷霆专案”档案里的名字——胡夏峰。

球落到地上。

周佳佳喊：“组长，901所的资料查到了。”

郭伟杰随手拿过来一翻：901所的前身是国家某部委下属的第14院，于2005年改制，改名为“中飞901所”，承担卫星、航空、航天密码系统设计……

“901所的前身？”郭伟杰兴奋地站起身，拿上衣服朝外边走。

胡夏峰为什么要让他翻阅“雷霆专案”？为什么又把郭伟杰小组的三人剔除出“10·5专案组”名单？

郭伟杰内心一阵狂喜，他知道自己已经明白胡夏峰的用意。

周佳佳喊："组长，你去哪儿啊？资料够不够？"

郭伟杰道："活儿太多啦，找领导搞心理辅导。"

局长办公室的办公桌上摆着胡夏峰和王北俪的合照。

胡夏峰正埋头批改文件，郭伟杰轻轻敲敲门。

胡夏峰道："进来！"

来人走到跟前，胡夏峰才抬头。他取下眼镜。

胡夏峰道："时间过了，找到档案了吗？"

郭伟杰故作垂头丧气状，道："我找到了，但规定的时间过了，我没能准时完成领导交代的事，我认输，我认罚。"

胡夏峰见他服软，心中大乐，便道："来，坐！小郑，倒两杯茶进来。"

郑秘书迅速倒来热茶，贴心地关上办公室大门。

胡夏峰悠悠道："既然找到了老档案，看了有什么感想？"

郭伟杰故意道："老案子没意思，我想查901所窃密的案子。"

胡夏峰眉毛一抬："不行，名单已经定了。"

郭伟杰道："这个案子很有意思。"

胡夏峰道："办案子不是过家家，什么有意思没意思的，做好自己本职的事，别给局里添乱。"

郭伟杰道："我有信心破案。"

胡夏峰道："可你小子路子太野，去年年末的最后一个案件，你擅自做主………"

"那是因为事态紧急，嫌疑人要跑。"

胡夏峰道："好，上个月，说好跟人家公安局联合行动，结果呢？你倒好，私自把人抓了，也不通知一声，叫人家十多个干警戳在现场算怎么回事？”

郭伟杰连忙抓起杯子喝水，小声道：“根据刑法分则第一章和‘煽动颠覆’，我们有权管辖，再说了，就算我放了公安兄弟‘鸽子’，我们局里不已经处分过我了吗……”

胡夏峰严肃道：“我们是纪律部队，讲规矩是第一位。”

胡夏峰放下杯子，接着道：“‘10·5专案’没加入，不代表你们不参与……”

郭伟杰听到这句话眼睛亮了起来：“我就猜中了！”

胡夏峰凝视着郭伟杰：“说来听听。”

郭伟杰的目光迎上胡夏峰：“胡局，十九年前的‘雷霆专案’是犯罪嫌疑人张池对我14院开展的窃密活动……这是您让我找的档案。”

“对。”

“为什么您要让我去看这个档案？”

胡夏峰微笑道：“你不是已经猜中了吗？”

郭伟杰道：“您不光是要教训我三件事，还要考验我。十九年前的‘雷霆专案’，案件的结论是‘成功阻止了窃密’，可是案件却处于挂着的状态……”

郭伟杰顿了一顿：“当时这个案件虽然截获了被盗的优盘，却没有抓获主犯张池。”

胡夏峰道：“这个案件还有个说法，是当时在现场跑掉的‘文身男’，就是张池。”

郭伟杰道：“这是当时办案干警的判断，对吗？”

胡夏峰看着郭伟杰，目光如炬：“对，我相信这个判断。”

郭伟杰道：“你的相信是源自您对当时办案干警的信任，他叫‘吴豫’，对不对？”

胡夏峰道：“正是。”

郭伟杰道：“我们是警察，办案都要讲证据，不能凭直觉啊。”

胡夏峰笑道：“那你现在怎么看？”

郭伟杰沉声道：“我也信任您。”

胡夏峰道：“当时的吴豫也信任我，所以他告诉了我，当时在现场他还发现了别的线索——一个文身男子逃跑，而郑晋却缠住了他。”

郭伟杰道：“您怀疑那个文身男子就是匪首张池？”

胡夏峰道：“我们是警察，办案要讲证据。”

郭伟杰沉吟道：“十九年前侥幸逃脱后的张池，害怕被抓，一定会改头换面躲起来，这符合他的心理。”

胡夏峰道：“是啊，虽然我们对他开展了一定程度的通缉，但是他像人间蒸发……你现在知道为什么我让你去找这个案卷了？”

郭伟杰道：“知道了，只因为901所的前身就是第14院！”

胡夏峰道：“你莫非没有想过这是一场巧合？”

郭伟杰道：“不，我直觉认为‘10·5专案’的作案人和当年的嫌疑人，是同一人。”

胡夏峰道：“我再说一遍，我们是警察，办案要讲证据……不能光凭主观判断啊。”

“可是，您既然让我去找当年的档案，不正是说明您的判断和我是一样的吗？”

胡夏峰欣慰地笑了，说道：“小伙子，你能胜任这个工作。”

郭伟杰兴奋地握住拳头："请领导指示！"

胡夏峰起身打开了密码保险柜，从保险柜里取出一份保密信封。从信封的颜色来看，是X光都无法透射的特殊信封。

胡夏峰缓缓道："根据这份从境外传来的情报，境外一家非政府组织重金悬赏，要来拿我们的科研资料，这家机构正是当年和张池联系的机构。以过去掌握的张池的性格来看，此人贪婪无度，又心高气傲，躲躲藏藏憋着一股气，当年没有得手的案子多半会伺机重来。"

郭伟杰面色凝重，赶忙坐好："这份情报可靠吗？"

胡夏峰沉声道："可靠，我信任这个情报源，这位同志在境外周旋多年，我信任他，如同信任我的生命。"

郭伟杰道："那我该从哪儿入手？我不在'10·5专案'组名单里，'10·5专案'资料我不能看啊。"

胡夏峰似有深意道："不，你查的是'雷霆专案'。"

郭伟杰道："这两个案子，很可能是一个案子。"

胡夏峰道："有时候，把案件的思路分开，反而更有帮助。"

胡夏峰打开抽屉翻出一张陈旧的照片，郭伟杰接过手，照片上是胡夏峰和吴豫的合照。

郭伟杰起立："谢谢胡局，我知道了！"

06

消失的刺青

2000年的那五个夜晚，吴豫经历了人生最漫长的煎熬，他宁愿盯梢埋伏在敌人的来路上一整年，也绝对不愿意待在调查室里。

吴豫不停地对自己说，相信组织，相信同志，相信组织的调查会给自己一个说法。负责吴豫案件的是肖波，人称“肖铁面”。

肖波敲了敲门，和另外一位年轻同志推门入内。

吴豫抬起了头，目光中深藏着所有情绪。

肖波道：“你说的文身男我去查了，没有结果。”

吴豫问：“胡夏峰也去查了吗？”

肖波道：“是的。”

吴豫显得很焦急，道：“他也没查出结果吗？”

肖波道：“‘我查’和‘他查’，有区别吗？”

吴豫盯着他：“有。”

肖波脸色尴尬："你真像块石头，你这情商是怎么毕业的？"

吴豫道："我成绩优异。"

肖波道："包括现场还原记忆？"

吴豫道："是。"

肖波笑道："可是这一次，吴豫，你会不会记错了？"

吴豫斩钉截铁，大声道："不可能！"

吴豫的气势骤升，他相信自己的判断绝对不会有错，郑晋当时不过就是一个传递人，那个有文身的男子才是主犯张池！

房间里一阵沉默。

肖波长吸一口气，缓缓道："吴豫，当时你是真的去追人了吗？"

吴豫道："同伴赶来的时候，不是也见到有个人从巷口逃走了吗？"

肖波道："可惜得很，当晚执行任务的同伴，并没有人看到那个文身男子。"

吴豫慌了，他的大脑飞速转动，在当时现场的环境下，还有谁能为他证明？王北俪进屋找优盘，钱雨在远处盯住郑晋，胡夏峰去另外一条街道追捕窃出优盘的内鬼。

近距离看到文身男子的，只有他自己！

他背心一阵冷汗，忽然发现没有目击者可以帮他证明。

吴豫喃喃道："我没有必要伪造一个那么复杂的文身图案来糊弄你们。"

吴豫的气势弱了下去，肖波扫视了他一遍，眼前的这个男子倒不像是说谎造假之人，可是案件毕竟已经发生了。

被捕的14院的内鬼于柏浪在口供里一口咬定郑晋就是他的

上线。吴豫却口称看到了有人来和郑晋接头，这个人到底存不存在？

到底什么是真相？

绝对不能冤枉一个好人，也绝对不能放过一次过失，这是肖波这么多年干内部调查工作的信条。

肖波一字一句道："吴豫！马上就要进行最后一次内部聆讯了，你知不知道？到时候所有的录音和口供，领导都是要看的，如果目前在没有一点证据辅助的情况下，你非要坚持认为张池就在现场，自己是去追他的说法，你要我怎么向局长讲情？"

吴豫就像一个泄了气的皮球，慢慢坐了下去。

肖波挥手，示意记录的年轻同志关掉了老的盒式录音机。

肖波道："吴豫，我最后问你一次，你是不是在差点被嫌疑人勒死的情况下，才采取防卫的手段，误踢了嫌疑人？"

吴豫沉吟了半晌，他知道肖波的用意，可他还是吐出两个字："不是。"

肖波一摔本子，挽起袖子差点想打他。

吴豫补充道："他缠住我的腿，我急于摆脱，我急于去追人。"

肖波和年轻干警面面相觑。

吴豫喃喃道："我看过目前掌握的张池的正面照片，虽然照片没有拍出他颈上有文身，但从身形来看，他就是张池。"

肖波大声道："吴豫，你醒一醒！"

对于肖波来说，查张池是侦查部门的事，他只需要查明当时吴豫执法致人死亡的情形就可以了。

吴豫去追人，这根本没有办法证明，况且就算吴豫去追人，也不能成为吴豫踢死对方的正当理由，他当时的的确确是出于本能，出于义愤。郑晋缠着他，他并不是没有别的办法来处理这样的局面。

没有证据证明吴豫是去追人，没有证据证明吴豫去追击的就是张池。

吴豫口称去追人，难道这不是他想脱罪的借口？

肖波抛出的这个问题，实则是在帮吴豫，也是在为自己作判断。如果吴豫口称去追人，只是为了给自己脱罪，那么现在肖波给他扔出了橄榄枝，告诉他可能当时在纠缠过程中，郑晋危及了他的生命，他可以以正当防卫的说法来彻底脱责，他为什么要拒绝？

肖波心中琢磨，既然吴豫宁肯拒绝正当防卫这样唯一的脱责理由，那他就没有必要再编出一个子虚乌有的“追人”的理由。从现在的种种迹象来看，“追人”的理由根本就不能为他脱责。

肖波内心基本已经确信，他没有说谎。他选择不说谎，选择放弃编造正当防卫的理由，他也就放弃了唯一脱责的方法，他的职业生涯已经完了。

肖波苦笑道：“我该说你什么好……我该说你什么好……”

吴豫摇着头，陷入痛苦中：“那个奇怪的文身，那个人一定是张池……那个奇怪的文身，那个人一定是张池。”

肖波灰心道：“吴豫，没有证据证明有第二个犯罪嫌疑人在现场，也没有证据证明你是去追人……”

吴豫依然喃喃道：“那个奇怪的文身，那个人一定是张池……”

肖波大声道：“可是，你踢死了犯罪嫌疑人却是事实！”

吴豫低下了头，情绪落入深渊：“我踢死了他……我踢死了他……”

肖波看着手上的资料，纸张上是吴豫凭记忆画出来的那个文身图案。真够复杂的，吴豫的记忆力竟然这般强大。

天花板不停地旋转，房间寂静下来。吴豫像梦呓般地重复着说话，肖波大口吸烟的声音，旁边记录员笔尖在纸上摩擦的声响……然而，一切都无可躲避，无法逃脱。

吴豫踢死的瘦高男子郑晋，此刻正躺在停尸间。

叶法医和钱雨各站一边，看着从冰柜里拉出来的尸体。

钱雨道：“确实是因为吴豫踢的那一脚？”

叶法医耸耸肩：“不全是，嫌疑人本来有心脏病，吴豫那一脚下去，导致了嫌疑人疾病发作，不治身亡。不过，也可以理解为吴豫把他踢死了。”

钱雨道：“你这叫什么结论？”

叶法医道：“科学的结论。”

钱雨瞪他一眼，道：“报告多久交？”

“明天下午。”

钱雨试探着问道：“还有修改的余地吗？”

叶法医迎上钱雨的目光，盯着他，钱雨背心一阵发寒。

“钱雨，你知道自己在说什么吗？”叶法医面无表情。

钱雨自知失言，低下头道：“对不起！”

叶法医道：“我会当作什么都没听到的。”

两人合力把尸体推进冰柜，一声闷响，沉闷。

钱雨转身出了停尸间。

内部调查的问讯结束了，但并不是所有的问题都得到了解决。

在这几天里，吴豫只能等待，等待调查结果。

在这几天里，发生了很多事，最麻烦的是郑晋的家属，纠集了亲朋好友，去了滨海市公安局，要求讨个说法——为什么把凶手放走了？

郑晋的家属或许知道郑晋违法犯罪，或许不知道，反正现在人已经死了，总要找个地方闹一闹。

公安局的干部出面谈了几次，涉及张池、郑晋一伙为境外窃密的案件尚未盖棺论定，又怕打草惊蛇，一切还在国安局的调查之中。公安的兄弟们政治过硬，对吴豫的身份和案件的情况一律不谈，所以公安对郑晋家属给出的官方说辞语焉不详，显然不能平息他们的愤怒。

郑晋的家属找来媒体，炒作当日在现场有人拍下的吴豫踢死郑晋的视频、照片，同时在市委办公大楼外聚集静坐，要求市委、市政府给个说法。

一时间此事成了滨海市的新闻，各级领导都皱起了眉头。市里主要领导责成滨海国家安全局负责人鲁维汉局长要尽快处理。

怎么处理？那还用说。

于是胡夏峰带着干警连轴转动起来，针对14院工程师于柏浪和犯罪嫌疑人郑晋里外勾连，窃取国家秘密，侵犯中国国家安全的行为进行了进一步证据固定。经侦查发现，郑晋涉嫌触犯为境外窃取、刺探、收买、非法提供国家秘密罪，事实清楚，证据充分。

郑晋的家属得知此事的时候，气得也是不轻，甘当汉奸，出卖国家和民族，这可如何能再抬起头来？

滨海市多家部门联手，很快平息了这场郑晋家属搞出来的舆情与聚集事件。

滨海市国安局局长鲁维汉在省国家安全厅领导、滨海市领导面前做了背书，虽然查获犯罪，阻止了泄密，可是因为执法不当，没有周全考虑，在闹市行动，对执法造成的社会影响估计不足，差点引发群体性事件，实在需要好好检讨并整顿队伍。

郑晋的案件结论宣布了，没有任何线索显示吴豫所称的“郑晋的同伙”“文身的男子”在现场，只能进入下一阶段的通缉。

犯罪嫌疑人已经落网，舆情已经平息，家属得到教育，法律得到捍卫——这个结论，对大家都好。

可是那个倔强的吴豫该怎么办？

吴豫即将面对最后一次调查聆讯。

在等待的这几天中，吴豫每天都会想起王北俪，他从来没有表白过自己的内心。他记得自己当年第一次见到王北俪的时候，就被这个笑起来很甜的姑娘吸引了。

王北俪这样的女孩简洁、干练，和许多花枝招展的女孩不一样，她衣着简单，衬衫、白T恤，给人一种回到校园里的感觉。王北俪和吴豫、胡夏峰、钱雨搭档的这些日子，四人常常会因为工作上的事有争执——她还是一个特别有主见、有思想的女孩。王北俪可以颠覆所有人对警校女生的惯性理解，常人总认为警校女生都是汉子——她眉目如画，柔中带刚，扎起马尾是干练的警花；放下马尾，任那一溜缎子般柔顺的长发坠下，像是挂着满天银河星辰，给人想象不到的温柔与温情。

吴豫也不知道自己是什么时候喜欢上这个女孩的，或许是王北俪在嫌弃胡夏峰抽烟的时候，或许是王北俪无意之中帮他整理办公桌的时候，或许是办公室一起出去吃饭聚会王北俪扎起头发、挽起袖子、一通酒拳把钱雨和胡夏峰喝趴下的时候。

国安局的干警平日不着警服，有一天，吴豫等人参加局里的某一仪式，王北俪被选作干警代表，在台上领着年轻干警宣哲：“我愿意将我的青春、我的热血，献给这伟大的事业，对党绝对忠诚，甘当无名英雄……”

吴豫在台下看着，聚光灯下的王北俪脸庞上浮现一层薄薄的光。她神色庄严，又俏丽无比，她身着警服，像是全身上下都发着光。吴豫看得痴了。

吴豫不爱说话，王北俪就是他心中的女神，可他根本不敢向她表达，只好默默地在她身旁，为她做力所能及的事。

有寄托总是好的，起码晦暗的时间会过得比较快。

最后一次调查聆讯终于来了。

吴豫坐在询问室中央，前面坐着局领导，像极了当年面试的场景。

“当时死者一直缠住我，我行动受阻。”

“吴豫警官，对方缠住你的时候，你是什么情绪？”

“我很生气。”

“是生气？还是愤怒？”

“愤怒……我很着急。”

“于是你就很愤怒地踢了他一脚？”

“是的，我一脚把他踢开以后，他就抽搐起来。我着急去追逃走的嫌疑人，就直接离开了。”

“吴豫警官，意思是你在离开死者以前，他已经开始出现不适的症状了，对吗？”

吴豫道：“是，可当时我以为他是装的。”

“你为什么会认为他是假装的，而不是真的身体不适，你作出判断的依据是什么……”

“我……”

吴豫回过头来，眼光在旁听席上不断地寻找王北俪，他不知道该如何辩解，他根本就不擅长辩解，他的外号是“石头”。外号叫“石头”的人，哪里会有精妙的辩词？他此刻像一个受了莫大委屈，无处辩白的孩子一样，他只希望得到最心爱的人的帮助和安慰，哪怕是一个眼神的支持也好。

旁听席上，胡夏峰听到一半，扔下烟头，直接离开了，留下钱雨和王北俪。

王北俪看着吴豫，眼神里充满关切：吴石头，撑住！

07

神龙摆尾

2019年，滨海市国家安全局副局长办公室内，胡夏峰正和郭伟杰聊着吴豫的事。

“辞职？”

郭伟杰瞪大了眼睛，他简直不敢相信自己的耳朵。

他脑子转了半分钟，然后看着胡夏峰副局长：“是这样的结果？”胡夏峰看着他，眼睛里浮出忧伤，这种痛心疾首的感觉，多年来一直没有消退。

胡夏峰道：“这对于当时的吴豫来说，已经是最好的结果——窃密被成功阻止，嫌疑人被认定为拒捕，但吴豫也存在一定过失。他过不了自己内心的那关……”

郭伟杰只觉得口中发苦，他自己也纳闷，他自知并未见过吴豫这位前辈，可是却莫名其妙地感觉和他有许多交集一般，吴豫的遭遇，他竟然可以感同身受。

郭伟杰问道：“胡局，这位吴豫前辈是什么样的人？”

胡夏峰看着桌上的合照，愣愣发神。他仿佛又回到了二十年前和吴豫在警校的日子。

二十年前的吴豫和胡夏峰，还是警校三年级的学生。

那个三年级实习前的夏天，吴豫照常在操场上独自跑步。

“看，那就是吴豫。”

远处的看台下面，一个身着黑色Polo衫的男子远远看着正在奔跑的吴豫。在他旁边，是警校的刑侦系主任刘释。

刘释道：“功课都不错。”

黑衣男子摘下墨镜，插在领口，默默观察着吴豫。

刘释道：“农村出来的孩子，特能吃苦，又踏实。”

黑衣男子问：“长得倒挺精神，身手怎么样？”

刘释笑笑，说道：“试试不就知道了？”

这个时候，吴豫正好跑圈跑到了看台的位置。

刘释喊：“吴豫，过来！”

吴豫渐渐停下步伐，站定以后转向两人，按标准姿势跑过来。

吴豫立定，自己喊出口令，站直身体，用力敬礼。

吴豫道：“主任好！”

刘释回敬礼，道：“这位是国安局侦查处罗平处长。”

刘释话音未落，罗平挥拳朝吴豫面门而去，吴豫微微侧头躲开。

罗平脚下同时动作，吴豫撤开一腿，另一只脚反踢罗平，力量更甚，罗平重心不稳后退一步。

罗平领口的墨镜跌落。

吴豫俯身接住下落的墨镜，递给罗平。

罗平道：“好身手！”

两人相视一笑。

罗平道："行了，小伙子继续跑吧。"

吴豫也不问罗平为什么要和他过招，他一并腿，敬礼，标准转身，继续跑步。

罗平戴上墨镜，转身小声说："刘教官，就他吧。"

刘释满意地看着吴豫远去的身影。

当时的吴豫并不知道，自己已经被罗平看中了。

那个时候的警校毕业生，没什么双选就业机制，全凭分配，能分配到国安局的同学总是会比分到其他单位的更幸运。

警校生在分配之前，还有一个学期的实习课程。

四年级上学期的实习开始了，吴豫随着班级一起到特警大队实习。很快，吴豫就熟悉了特警大队的全部工作，他比任何人都刻苦，所以他比任何人学得都扎实。特警大队也就没有把他当实习生照顾，反而有任务一起上，全当正式战友一般。

有一次，吴豫跟随特警大队一起出任务。

犯罪嫌疑人在天台持枪挟持了一个女人质。

持枪男子喊："不要上来，你们上来一步我立马杀了她。"犯罪嫌疑人怀里的女人被吓得瑟瑟发抖，无助地哭泣。

"不要啊，求求你……"

他利用女人挡在自己胸前，不停地往后退，对面楼上的狙击手无法瞄准目标不能开枪。

带队的李大队长开始尝试与嫌疑人交流。

李大队长喊："你的同伙都已经投降了，你何苦要抵抗到底？"

持枪男子高声喊："你闭嘴！站住，你再往前一步我就开枪了！”

李大队长慢慢地向前走了一步，说道：“我不信你的枪里真的有子弹。”

犯罪嫌疑人见警察逼近，照着李大队长脚边就是一枪，子弹打中地面。

女人吓得尖叫起来，李大队长下意识地蹲下身子，头上沁出一层汗。

持枪男子恶狠狠道：“信了吗？下次可就是脑袋了。把枪放下，踢过来！”

李大队长道：“你先别激动，咱们有话好好说。”

说话间，绕到嫌疑人身后的吴豫慢慢接近，吴豫给李大队长打了一个手势。

持枪男子道：“快点把枪踢过来！”

“好好，你别冲动。”

李大队长慢慢放下枪，朝嫌疑人踢了过去。

犯罪嫌疑人准确地踩住手枪，咽下一口口水，危险解除，他面色稍稍松弛，指着女人质的枪口偏了一点。

突然，吴豫猛地跃起，他捕捉到了犯罪嫌疑人的松懈，趁这一刻，飞起便是一脚。

李大队长的心都提到了嗓子眼儿上。

吴豫的这一脚重重地踢在了犯罪嫌疑人右侧后背上，巨大的力量使得犯罪嫌疑人和人质分开。

李大队长上前踢开自己放下的手枪。吴豫扑到嫌疑人身上，与对方争夺手上的手枪。

“砰——”混乱间，犯罪嫌疑人扣下扳机，子弹朝天上飞去。女人质大声尖叫着抱头逃走，李大队长本能地全身一缩，吴豫却没有任何畏惧，再次扑了上去，想要制服对方。

犯罪嫌疑人和吴豫扭打在一起，吴豫左手像铁箍一般，死死握住犯罪嫌疑人持枪的右手，保持枪口朝天。嫌疑人拳打脚踢，几近疯狂，招式全无章法。

远处的狙击手没有射击的条件，只能静待。

李大队长正要扑上去支援吴豫，只听吴豫一声大喝，猛地侧身，一脚自下而上，斜里飞出，使出极其标准的一招“神龙摆尾”重重地踢中对方肋下，对方的身体被巨大的力量踢得飞起。

“好腿法！”在场的诸警不由得心里发出赞叹。

吴豫这一脚之威，将对方踢得飞起，他却兀自冲上前去钳住犯罪嫌疑人的手臂不放松，这一拉之下，只听“咔啦”一声，犯罪嫌疑人的手臂各处关节被拉扯脱臼，再也无法持枪。

吴豫这一脚之威，真的是骇人！

好厉害的腿法，好厉害的小子！李大队长干了大半辈子特警，都没见过这样厉害的腿法。

他不知道的是，吴豫是个极其顽强、执着的人。他执着某一件事，就会完完全全地投入在里面，他资质不高，无法把所有绝活儿学会，便只苦练一样技能，使之成为自己的必杀技。这一招腿法，他练了千遍万遍，不论寒暑，不论秋冬，不论日夜，他简单纯粹，就是只练这一招。

同学在娱乐的时候，他在练。

同学在逛街的时候，他在练。

他的行事风格如同这一招凌厉的腿法一般：简单、直接、干脆、执着、有效！

但这并不是让特警大队李大队长最震撼的地方，最震撼的是吴豫对于细节的观察力，他是如何察觉到犯罪嫌疑人的气势松懈的？他是如何察觉到犯罪嫌疑人的枪口偏斜的？他准确无误地踢中对方右侧后背，使之在一瞬间无法开枪，同时还分开了犯罪嫌疑人和人质。他的精准，真的是让人叹为观止！

2019年，滨海国安局副局长办公室内，胡夏峰和郭伟杰聊起吴豫的往事，唏嘘不已。

胡夏峰提起吴豫得以“一战成名”的腿法，不免扼腕。

“真的是成也一踢，败也一踢。”胡夏峰长叹一口气。

郭伟杰听得入了神，这位吴豫前辈竟然有如此传奇的经历。

郭伟杰脑门儿一跳：“这样的人会不会说谎？”

胡夏峰回答得很干脆，道：“不会。”

郭伟杰道：“您一直相信他……可是我有一事搞不明白。”

胡夏峰问：“什么事？”

郭伟杰沉吟半晌，道：“就算是他负疚辞职，也用不着把他的警号当作耻辱啊！”

胡夏峰的面部肌肉跳了一下，气氛突然尴尬起来。

胡夏峰咬了咬牙，一字一句道：“没有人把他当耻辱，是他自己把自己当作耻辱！”

郭伟杰奇道：“他自己？”

“对，他自己。”

郭伟杰道：“浪子回头尚且金不换，何况他并不是故意犯错。”

胡夏峰闭上眼睛，思绪又回到了多年前，他一字一句道：“吴豫，他变了，在引咎辞职之后彻彻底底地变了。”

郭伟杰内心剧震，他心中刚刚建立起了对这位前辈的敬仰，难道又要立刻崩塌？

郭伟杰苦笑道："胡局，这人没不会360度大转弯吧？"

胡夏峰冷冷道："笨蛋，是180度！360度根本就不是转弯，360度是回到原点没变！"

郭伟杰从胡夏峰的语气里已经意识到问题的严重性。

郭伟杰问："吴豫前辈离职后，你们没有再见过面？"

胡夏峰道："见过。"

郭伟杰道："那他……后来干什么了？"

胡夏峰看着桌上的电子钟，时间在一分一秒往前走，他的思绪却在一分一秒快速倒退回忆。

08

堕落

吴豫参加工作后，把父母从农村接来城里，在城郊租了一套不大的房子。他还有一个妹妹，叫吴芳。兄妹俩年纪差距颇大，吴豫工作的时候，吴芳还在读初中。

吴豫离职后，胡夏峰和王北俪、钱雨第一次上门拜访吴豫的家。

胡夏峰看得出，这租来的屋子虽然小，可是收拾得很干净。他们三人抵达的时候门半掩着，十九年前的邻里关系可不像现在这样冷漠和陌生，那个时候的院居生活可以夜不闭户。

吴芳正在客厅的餐桌上写作业，电视里播放着新闻联播，老两口儿正在看电视。

王北俪问："请问是吴豫家吗？"

吴芳抬起头来，和吴豫的眉目挺相似。

吴豫的父亲吴刚迎了上来，道："你们……"

父亲吴刚身上散发着旱烟味儿，手上满是茧，是典型的大山里的人，老实巴交的农民，憨厚且不善言辞。

吴豫不爱说话的劲儿和父亲吴刚特别像。

胡夏峰和钱雨怕吓着老人家，便向王北俪使眼色，让王北俪负责沟通。

胡夏峰身上杀气重，王北俪就不一样了，有亲和力。

王北俪微笑道："我们是吴豫的同事。"

吴母有点慌，道："哎哟，这孩子也不提前给我们说今天有客人要来，快进来坐！快进来坐！"

吴母就比吴父要灵活得多，她一面招呼三人，一面埋怨吴父："别见怪啊，这老头儿在大山里待惯了，来城里各种不习惯，天天还嚷着要回去呢！"

吴父也不反驳，只是憨厚地笑着。

"这是二丫头。"

吴芳也停下了写作业，来帮忙给三人端凳子、倒水。

"你叫什么名字，小妹妹？"王北俪问。

"我叫吴芳。"

"你哥呢？"

"我哥出去喝酒去了，这几天都是这样。"

胡夏峰和王北俪对看一眼，吴豫什么时候开始酗酒的？

胡夏峰对钱雨道："给他打个电话吧。"

钱雨掏出彩屏手机，正要拨号，门突然"哐当"一下被撞开了。

吴父立刻起身看发生了什么，胡夏峰和钱雨也起身。

吴豫抱着酒瓶躺在门口，浑身都散发着酒臭味。

吴父吼道："不争气！"

吴母唤他，吴豫依旧瘫在原地。

王北俪上前，用手拍吴豫的面颊，吴豫也只是皱眉，并试图拂开她的手。

胡夏峰和钱雨见状，立即一人一边先把人扶起来往房间里送，刚把人搀到客厅，吴豫扭头，“哇”的一声吐在了胡夏峰身上。

吴父有些生气，骂道：“不争气！还晓得回来！”

胡夏峰安慰道：“没事，先把人弄进房间再说。”

吴母抱歉道：“你几位，真是对不住。”

三人忍住恶臭，手忙脚乱地才把吴豫弄上床。吴芳给胡夏峰找了件吴豫的衣服，吴豫和胡夏峰的体型差不多，衣服型号应该也一样。

三人退出房间。胡夏峰在吴豫房间里换衣服。吴豫在床上呼呼大睡，还打起了鼾。

胡夏峰盯着他看了一会儿，自言自语道：“我知道你心里不痛快，可想想你这一家老小，千万别怄这口气，以后机会还多。事情能过就让它过去吧，地球总要转，人也得向前走。你要真觉得难受那也悄悄哭，别让人家看到了。”

胡夏峰从兜里摸出一副墨镜，道：“罗平处长让我把这个带给你。”

这副墨镜，是当年侦查处处长罗平在警校和吴豫两人第一次见面时戴的。

吴豫当时身手利落，面对罗平考验他的身手，一脚逼退罗平，瞬间在半空中接住了罗平的墨镜。

胡夏峰把那副墨镜戴在吴豫脸上。

“信封里是罗处长让带来的钱，兄弟姐妹们也凑了一些，你收拾收拾心情，休养几天，准备找工作吧。有需要帮忙的，你给我说，给王北俪说也可以。”

胡夏峰说完，推门出去，钱雨和王北俪正把装着钱的信封交到吴母手上。

吴母抹着眼泪，她已经从钱雨口中得知吴豫离职的事，吴父气得立刻就回屋收拾行李，扬言明天就坐火车回乡下，绝对不和这个不争气的逆子住一个屋檐下。

吴母道：“这个钱我不能收。”

王北俪道：“伯母，真没别的意思，只是大伙儿的一点心意。”

吴芳拉着王北俪，道：“姐姐，你劝劝我哥哥，他每天喝酒，变得好讨厌！”

从吴豫离职到现在，夜夜酗酒。

王北俪和胡夏峰面面相觑。

吴芳从抽屉里拿出一张照片，道：“我哥把你的照片藏在抽屉里，你一定能劝好他。”

王北俪脸上一红，道：“你哥哥不是没有自制力的人，他这阵心情不好，过阵就好了，你让他醒了给我打电话吧。”

胡夏峰搂了搂王北俪肩膀。胡夏峰正在追求王北俪，二人显然情感正温热。

三人向吴母告辞。

房间里，一行泪水顺着吴豫的墨镜流了下来。

第二天吴豫清醒之后，父亲吴刚和他大吵了一架。吴芳记得那天父亲很生气，长这么大还从来没见过父亲如此生气，父亲几乎想要打死吴豫。

吵完架，父亲收拾了包袱，就回了老家，再也不想看见吴豫。临走时，父亲说："等我死了，也不要你来磕头！"

后来，吴豫并没有给王北俪打电话，谁也不知道他内心怎么想的，他像一个废人一样只会酗酒，也不去另寻职业。

一个人如果精神垮掉，是一件非常可怕的事。

那个坚韧的吴豫不见了。

妹妹吴芳越来越讨厌他，那个漂亮的姐姐说他过阵子会好，根本是在骗人，哥哥根本就是变了。

吴母劝说了很多次，吴豫依然在酗酒，这种状态持续了很久，家里的积蓄都变成了上头的酒精。

大家都搞不懂，吴豫怎么突然就变成这样了。

父亲吴刚返回村里已经两个月，吴豫也足足喝了两个月的酒，他铁打般的身体已经被酒精拖垮。

每天吴豫喝完酒回来，都会把自己关在房里，他的书桌上是一张王北俪的照片，在照片的旁边是一沓写满了"王北俪"名字的废纸。

吴芳很害怕，她不知道这种状态什么时候能结束。

吴母总是摸着她的头说："乖，没事，哥哥很快就好了。"

很快就好了。

很快是多快?

有些伤痕，需要一辈子来抚平。

有些伤心，没准儿一瞬间就能想通。

吴豫遭遇的，是哪一种?

太阳依然会升起，地球依然在转动，有些心事却永远都不会向人表达。

夜深人静的时候，吴豫也会看着窗外的星空，他从大山里出来，上警校，想通过努力工作来改变未来、改变自己，想堂堂正正地做一名光荣的警察，在招录进国安局之后，他更是立志要为这个伟大的事业献身。

他记得招他进单位的罗平处长曾经跟他说过："这不是一份职业，这是一个灵魂。"

这不是一份职业，这是一个灵魂。

只有最坚定的灵魂，才能从事这份职业。

他一直觉得，自己能坚持下去、坚定下去！

可是，没想到变化来得如此之快。

他已经没办法再穿上这身警服。

吴豫的内心深处一直觉得自己配不上王北俪，他能做的就是努力工作，守在王北俪身边，做一切能为她做的事。

他最大的奢求，只是能和王北俪并肩作战。

现在他却连想都不敢去想她。

他已经卑微到了极点。

他想，胡夏峰挺好的，年轻有为，又会疼人。除了抽烟让王北俪不喜欢之外，其他也没有什么缺点。

想到这里，他竟然流下泪来。他对自己说，吴豫，你像个爷们儿好吗？王北俪和胡夏峰在一起，你应该高兴啊！

2000年的时候，高楼大厦还不多，放眼望去，窗外一片平房，偶尔几盏灯火，让人觉得很温馨。他突然很想自己的父亲。父亲吴刚这一辈子最骄傲的，就是供出了一个大学生，而且还上了警校，这可是全村最得意的事！

吴豫翻身从床上下地，在抽屉里翻找，把最后一点积蓄找了出来，这些钱是滨海市国安局给他发的最后一笔加班补助和执勤津贴，再过得几日，这些钱多半也就一样变成了酒资。

他蹑手蹑脚起身，把钱用一个信封装好，贴身放好，便出了门。

吴豫去了车站，搭乘最早的一班火车。

他坐了很久的火车，也不知道在车上睡了多久，下车后又走了很久小路，才进了村子。

路上，很多村民跟他打招呼。

“噫，这不是吴家后生嘛，你咋回来啦？”

吴豫道：“我回来看我爹。”

他推开自家破日的瓦房，空无一人。

他找了个草帽戴上，朝山坡走去。

山坡上父亲吴刚正扶着锄头抽旱烟。

对于吴刚来说，最好的享受就是在山坡上抽旱烟，当时随吴母和吴豫去城里的时候，吴母就给他交代了，到了城里别抽旱烟，气味太大，城里人要笑话。

吴豫喊：“爹！”

吴刚的气好像还没消，冷冷地道：“是你，咋回来了？”

吴豫接过锄头，锄起了土地。

“崽子，你不喝酒了？”

吴豫道：“回来帮你干活儿不中？”

吴刚道：“不能给领导说说，继续回去上班？”

“不能，文件都下啦。”

吴刚叹口气，道：“你警校毕业，干点什么好，不捉贼啦？”

“警察是办案，不是捉贼。”

“反正跟那些抓矿长的矿警都差不多。”

吴刚悠闲地抽着旱烟，两人有一搭没一搭地聊了起来。

不一会儿，吴豫干得满头是汗。

吴豫伸手，道：“爹，烟给我抽一口。”

吴刚的眉毛一抬：道：“噫，你啥时候学会干这事儿？”

吴豫道：“早了去了。”

吴豫见父亲没动作，自己走过去拿过烟枪抽了一大口，却被呛得不行。

吴刚大笑道：“哈哈哈哈！你看看，就说你小子不行吧。”

父亲边说话边抽烟，结果也被呛到了。

两人咳着咳着，看着对方一齐笑了起来。

晌午，吴豫父子俩馒头就咸菜吃了起来。

吴豫道：“爹，我以后不当警察了，换个职业干中不？”

吴刚想了半天，嚼着馒头，含含糊糊地说道：“中，别日日烂醉就好。”

吴豫放下筷子，道：“你不怪我？”

吴刚道：“噫，你爹我一辈子都在山窝窝里挖矿，可你走出去了还能选择自己想干啥，是好事啊，怪你弄啥？我这阵想明白了，只要你别死在我前头就成。”

吴豫道：“那你不问我要干啥？”

吴刚道：“你肯定有其他想做的事儿。想做就去做，都恁大一人了，自管。我给你取名叫吴豫，就是希望你做事能果断一点，不要犹豫，对不？”

吴豫道：“中。”

吴豫心里的石头落了地，摸出信封，信封里面是滨海市国安局最后发给他的一笔加班补贴和执勤津贴。

吴豫道："爹，你把这点钱收好。"

吴刚道："这是弄啥？"

"妈在城里守着妹妹念书，你一人在村里。我最近一段时间可能不回来了，想买点啥，拿钱自己买去。"

吴刚道："中。"

吴豫道："还有，别抽旱烟了，劲太大对身体不好，改天也买点卷烟抽抽。"

吴刚道："中。"

吃着吃着，吴刚咳起来。

吴豫道："你慢点吃。"

吴豫给他端水过来。

吴豫道："爹，为啥柜子上那么多药瓶，你哪儿不舒服？"

"哦，上次医疗队下乡，医生给开的维生素。我也不怎么懂，只说是我们的这儿饮食营养不均衡，给每家都开了可多。"

吴豫点点头。

吴豫在老家待了几天，便返回了城里。

然后，吴豫消失了。

消失在了亲人的世界之外。

09

以象鳞虫，蛟龙不伤

这十九年来，吴豫到底经历了些什么？

郭伟杰内心深处像中了魔法，不知道什么原因，他就是渴望找到吴豫，吴豫是十九年前那个夜晚和张池离得最近的人，找到吴豫说不定就能让案件有所突破。

可是当他提出要去找吴豫的时候，胡夏峰有些犹豫。

“好好消化下老档案，拣拣其他线索再说，一上来就要找十九年前消失的人，而且还是个训练有素的前国安人员，难度太大，太浪费时间！”

胡夏峰撂下一句话，便走了。

郭伟杰不服气，这几天便缠着胡夏峰，要胡夏峰开口同意。

他是下级，也不能倒逼领导，他便制造机会出现在胡夏峰面前，也不说话，也不开口，反正胡夏峰也是聪明人，见着郭伟杰就知道他是什么意思。

第二天胡夏峰刚走出会议室，门外等着的果然是郭伟杰，他推开郭伟杰，继续和郑秘书商量会议细节。

胡夏峰去上厕所，正在方便中，郭伟杰进来，站在胡夏峰旁边。

胡夏峰连忙提上裤子，出了厕所。

胡夏峰回了自己办公室，喊道："小郑，倒杯茶进来。"

郭伟杰端着茶进来。

胡夏峰愠怒道："郭伟杰，你还有完没完？"

郭伟杰道："局长，我这是向您要工作啊！只要您答应，我立马从您眼前消失。"然后举起手掌，拍拍自己的胸口。

胡夏峰不看他，道："不行。"

郭伟杰道："那我只能天天来给您倒茶了。"说着把茶杯往胡夏峰面前一放。

胡夏峰突然有些后悔，不该把"雷霆专案"的事儿给郭伟杰，这小倔驴跟当年的吴豫一模一样！

胡夏峰道："钱雨没安排你别的事儿？"

胡夏峰推回杯子。

郭伟杰道："有钟哥。"

郭伟杰又推回去。

胡夏峰道："不写政治学习报告？"

郭伟杰道："有周姐。"

胡夏峰道："也就他们俩愿意陪你瞎胡闹。"

郭伟杰道："这哪是胡闹呢？这叫分工合作。"

胡夏峰道："好了好了，你去！吴豫的个人资料，让郑秘书帮你！"

郭伟杰千恩万谢道："您同意啦？"

胡夏峰道："先说要求。"

郭伟杰道："您说！"

胡夏峰道："随时报告进度，守规矩！"

郭伟杰道："这还不简单！"

郭伟杰拍胸口保证，自己一定能查清当年遗留的线索，把张池找出来。

胡夏峰神色凝重，道："此人在十九年前被惊动过一次，自然躲得很深，万万要谨慎为之，自己千万要小心。"

吴豫在事发当晚，看见了一幅奇特的文身，这到底是什么意思？

之前办案机关掌握了张池一张正面的模糊照片，照片里没有反映出他颈后有文身。

郭伟杰问："这个文身是什么意思？"

胡夏峰曾为了这个文身，进行过一些研究，他告诉郭伟杰："文身又叫作刺青，作为人类历史文化的一部分，延续至今已有几千年了。"

郭伟杰道："几千年了？"

胡夏峰道："对，在唐以前，据汉文古籍记载，越人'敬巫鬼''畏鬼神'，于是将一些特殊图案刺在自己的身上，以表达对神灵的敬重。有观点认为，如今云南傣族在内的各族人的文身是源于越人的'断发文身'。"

郭伟杰问："'断发文身'是不是出自《左传》？"

"对。《左传·哀公七年》记载：'大伯端委以治周礼，仲雍嗣之，断发文身，裸以为饰，岂礼也哉。'"

郭伟杰道："为什么会产生文身文化？"

胡夏峰道："大概这和先民的神灵崇拜有关，据古籍《淮南子》一书中所说：'陆事寡而水事众。'于是人们就被发文身，以象鳞虫即'为蛟龙之状，以入水，蛟龙不伤也'，这就是一种朴素的仿生以求与自然和谐相处的原始心态。"他顿了一顿，说道，"傣族有一个传说，说一位男青年得到龙女的帮助，在身上刺了很多鳞状的花纹，入水时，水向两边分开，水怪也不伤害，这就把文身作为一种避邪的巫术。傣族中的另一个传说是一位男青年因有文身吓坏了魔鬼并杀死了它，正是这种避邪防害的异曲同工。"

郭伟杰沉吟道："胡局，您对文身的研究很深啊。"

胡夏峰道："你难道没有意识到问题所在吗？"

郭伟杰看着胡夏峰，道："十九年前在现场如果真的出现了这样复杂的文身，那么搞清楚它的意思，会不会对案件有推动作用？"

胡夏峰叹气："我也说不准，只是当时谁也不知道吴豫凭着记忆画下来的这个图案是什么意思，到底对案件有没有作用。"

胡夏峰接着道："文身实际上是一种亚文化，我所知道的是世界各地的原住民都有在面部刺青的传统，古埃及更利用刺青来区分社会地位，英国维多利亚时代的妇女流行在唇部文上红色；日本的刺青爱好者，有些是出自对刺青名师的崇拜，希望能在身上留下刺青师傅的作品；有些则是喜好浮世绘等有民族代表性的刺青。"

浮世绘？

郭伟杰突然脑中灵光一闪，他看着吴豫画下的图案，这图案中镇海夜叉双目有神，脚踩一条九头鱼龙，凶狠狰狞。

郭伟杰的脑袋一阵疼，这到底什么意思?

就凭着吴豫在现场匆匆一瞥的记忆，胡夏峰就相信这个“文身男”的存在，就相信吴豫对张池体貌特征的判断，这个“文身男”就是张池。

胡夏峰的相信，源自对吴豫的信任。

这十九年来，胡夏峰和滨海国家安全局一直没有放弃缉捕当年脱逃的张池。胡夏峰还苦心经营，在敌国建立起了自己的情报源，不仅印证了当年境外收买科研资料的事，还掌握了眼下境外组织再次盯上我国科研资料的重要情报。

胡夏峰根本就没有放弃吴豫，十九年的不离不弃。郭伟杰不由得对胡夏峰和吴豫的情感与信任，肃然起敬。

郭伟杰收起了顽皮的笑容，看着胡夏峰，他俩已有一些默契。

但使龙城飞将在，不教胡马度阴山。

10

入狱

郭伟杰拿到吴豫的全部个人资料，便迅速消化起来，不知不觉已经很晚。

周佳佳和大钟来催他下班，他也不理。

他终于消化完了所有的资料，起身回家。

滨海的夜晚霓虹灿烂，海岸大道的右侧是一排欧式建筑，零零散散的灯光，照亮了一片又一片银色的海滩。

郭伟杰驾着车，看着这个日新月异的繁华城市，远处的商业广场如群星灿烂，美观精致的大厦外墙上是相互追逐的灯光，不眠的夜色掩映车水马龙，自是流光飞舞的热闹。

他遥想十九年前，这个城市是什么样？

那个时候的吴豫、胡夏峰、王北俪又是什么样？

这个时候，一则新闻打断了他的思绪。

车载广播一直在放着，广播里的主持人开始说起一则新闻：

两个月前，重庆市环城路上发生了一起车祸，现场状况极其惨烈，一名男子被撞致死，肇事司机却不在车内。据警方介绍，车祸本身疑点重重，并非普通交通事故，目前尚未找到肇事司机，被害人身份也无法确定，在此重庆市公安局呼吁广大群众关注案情，积极提供破案线索。

他忽然有了不好的预感：吴豫不会已经不在人世了吧？

郭伟杰造访吴芳的家，是第二天的一大早，吴芳还在家中做早饭，就听见了门铃响。

吴芳，从上海复旦大学新闻专业毕业后，就职于滨海一家报社，她于2014年结婚，生有一女。

郭伟杰看见她的时候，她虽然穿着围裙，却浑身上下散发着都市丽人的精英感。

吴芳站在门前歪头看着郭伟杰，表示疑惑。

郭伟杰亮出警官证。

“请问，我可以进来吗？”

吴芳的丈夫探出头来，吴芳和丈夫嘀咕了两句，点了点头。

吴芳道：“哦……警官，不好意思！”

吴芳这才放郭伟杰进门，招呼他坐下。

吴芳解开围裙，坐在郭伟杰对面。

吴芳道：“郭警官是吧？”

郭伟杰点点头，道：“您叫我小郭吧。”

吴芳道：“请喝茶！”

吴芳热情地给郭伟杰倒来一杯茶。

郭伟杰道：“谢谢！或许有点冒犯，我这次来，是想向您了解一些关于吴豫的事情。”

吴芳道：“吴豫？你是为了来问他的事情？”

吴芳客气的笑容顿时消失。

吴芳道："对不起，郭警官，恐怕我没法帮您！你要知道，那个时候我还在念中学，我对他最深的记忆只停留在他整夜整夜地喝酒，和父亲、母亲吵架。"

郭伟杰道："那在这之前，吴豫平时会和你聊工作上的事情吗？"

吴芳道："不会，他们的工作大部分都涉密，所以他在家从来不谈工作上的事情。"

郭伟杰道："您还记得您哥哥当年离职之后，有些什么特别反常的表现吗？"

吴芳道："堕落成那样，还不反常吗？"

郭伟杰道："除了酗酒呢？"

吴芳道："他好像在家里画过一个图案。"

郭伟杰脑门儿一跳："什么图案？"

吴芳一摊手，道："我也记不得了，是一个挺复杂的图案。"

郭伟杰想，这吴豫念念不忘的，多半是当年张池脖子上的文身。吴豫因为这个事儿丢了工作，在一段时间里肯定无法释怀。

"您知道您哥现在哪儿吗？"

吴芳摇头道："不知道，我们十多年没有联络过，也不知道他是死还是活。"

郭伟杰心中一沉，道："这些年……你们都没有联络过？"

吴芳脸色冷峻，道："没有。"

郭伟杰大奇："为什么？"

吴芳一字一句道："我为什么要联络？我父亲就是被他气

死的！”

郭伟杰瞪大了眼：“什么？”

吴芳道：“郭警官，这些年他又犯什么事儿了？”

郭伟杰连忙说道：“没有没有，我只是有一些事儿想通过他了解一下。那您最后一次见到他，是在什么地方？”

吴芳道：“监狱。”

郭伟杰道：“监狱？”

吴芳的脸色很难看，说道：“我根本就不想去看他！可是我毕竟要去告诉他父亲已经……”

郭伟杰道：“他进了监狱？”

吴豫丢了工作开始酗酒，这个倒是知道的，可是他如何进了监狱，又如何气死了父亲？

吴芳道：“有一个夜晚，他离家而去，回老家看望了一次父亲。他在家中和父亲长谈，父母只以为他从此振作起来……”

吴芳顿了一顿，侧过头，像是努力回忆一些不愿意回忆的事。吴芳道：“他离开老家后，便从此失联，我还以为他是重新去找工作。母亲遍寻他不着，很是着急。”

郭伟杰看着她，等她慢慢说。

吴芳道：“为人子女，是不该让父母着急的。”

郭伟杰道：“正是，我虽然没有为人父母，可是我毕竟也为人子了。”

“不管子女是否成年，若是突然失联，父母一样也会着急，也会担心。”吴芳下意识地看了看卧室，她的女儿应该还在睡觉。

郭伟杰道：“说不定，吴豫并不是故意要失联。”

吴芳冷冷笑道：“是的，他不是故意要失联，他只是没有办法联系我们。”

郭伟杰道：“您知道他是如何进了监狱吗？”

吴芳道：“打架斗殴。”

郭伟杰一愣：“打架？”

吴芳道：“只有不负责任的成年人，才会动气打架。”

郭伟杰道：“他不是这种人啊。”

吴芳道：“郭警官，您了解他？”

郭伟杰语塞：“我……”

他根本没有见过吴豫，却说不出为什么，会与吴豫有共鸣。

吴芳讽刺道：“动手把嫌疑人踢死，把自己的前程都毁掉，这样的人，能说他是‘负责任的人’吗？”

郭伟杰道：“那个案件并不是您所知道的这么简单。”

吴芳道：“郭警官如果是为了吴豫的事专程来与我争辩，那就不用说了。”

郭伟杰闭上嘴，一伸手，示意吴芳继续说。

吴芳道：“他在酒吧酗酒，和人争风吃醋打架，把人打伤，被法院以‘故意伤害罪’判处了三年有期徒刑。”

酒吧酗酒？争风吃醋？故意伤害？

吴芳说得轻描淡写，郭伟杰听得暗暗心惊。

郭伟杰长叹一口气，这吴豫到底是怎么了？不可能，这不可能啊，一个受过忠诚教育的国安干警，怎么可能离职后就立刻堕落成这样？

吴芳眼中含着泪，哽咽道：“我们家造了什么孽，我父亲便是被这逆子气死的！他死前说的是，吴豫永远也不要来他坟前磕头……”

“他出狱后你们没有再联系过吗？”

“为什么要和他联系？这样的人，我只希望永远也不要见到他！”吴芳的情绪有些失控。

郭伟杰沉默了，吴芳的丈夫走出来，柔声安慰吴芳。

丈夫转过头，对郭伟杰道：“郭警官，我们实在不知道吴豫去了哪里。”他语气之中，已经大有送客之意。

郭伟杰知趣地告辞离开。滨海的早晨有些湿润。

他心潮澎湃，非要找到吴豫不可。如果吴豫此刻站在他面前，他一定会抓住吴豫的领口问清楚，到底是什么原因可以让他变成这样！

11

东山

吴豫被判刑，大概是2001年的事。

正如吴芳所说，吴豫在酒吧和人争风吃醋，大打出手。

吴豫这样的木头疙瘩，哦不，是石头疙瘩，怎么会和人争风吃醋？

任何人都想不明白。

不过，据现场的目击证人和监控视频显示，吴豫确实是和一个混混儿发生了打斗。

打斗的原因，疑似是吴豫和那名混混儿抢着要坐在一位时髦的女士旁边共饮。

那个时髦的女士看着老土气质的吴豫“咯咯”直笑。

那名混混儿自报家门，声称是“海东帮”魏东山魏哥的小兄弟，自己看上了这小妞，要吴豫赶紧让座滚蛋，不要癞蛤蟆想吃天鹅肉，当心一脚踢死他。

吴豫闻言受了刺激，但他依然非常冷静，他先是抓起了电话，拨了一个电话给医院，旁边的人和时髦女郎听见他在电话里告诉医院那头的接线员“这里有人受伤，快来”，那人大概是问了一下到底是什么伤情，好做个初步的准备。

吴豫在电话里进行了准确的描述，伤情是钝器击伤头部，形成一个多少长度的开放性创伤，另外伤者的手腕会有两处瘀青，同时伤者的小腿骨会折断云云。

在场诸人面面相觑，这人是不是疯了？

那时髦女郎“咯咯”直笑，这太平盛世的，哪里来的人受伤？

那魏东山的小弟一把抓起了吴豫的衣领。

吴豫一手按住此人的手腕，手上发力，便给他留下了两处瘀青。他左手抓起酒瓶，只听一声闷响，玻璃碴四射，那人狂叫一声，便扑了上来。吴豫喝了几个月的酒，体力虽然不如从前，可是他的拳脚依然比普通混混儿厉害得多。只见他迎着对方来势，一脚踢出，正中对方小腿，对方便跪了下去。

救护车来的时候，伤情和他说的一模一样。

故意伤害成立。

吴豫被宣判的那一天，他连一句申辩都没有，整个庭审态度就是——认账。用他自己在庭上的话说，就是愿赌服输，打人坐牢，像个爷们儿。

很快，吴豫被分配了监舍。

狱警带着吴豫来到一间监舍，吴豫扫了一眼，他的室友显然不在。

他开始整理东西，依次放在床头，他将在这里度过很长时间。

在监狱的浴室里，吴豫洗漱完往外走，路过一个隔间向里面看了一眼。

一个男人正在抽烟，他的脖子后边文着一个奇特的文身。

两个一胖一瘦的服刑人员正在用手杵着另外两个埋着头的服刑人员的脑袋。

“魏哥，魏哥，不敢了，不敢了！”两个埋头的服刑人员嘴里不住地说。

那文着奇怪文身的男子叫魏东山，入狱前不过是一名帮派马仔，入狱后纠集了一胖一瘦两个小年轻，俨然一派狱霸作风。

魏东山抬眼看到吴豫停在外面，随即把烟灭了站起身，拍拍那两个埋头犯人的肩膀。

魏东山道：“刚刚说的都记住了吧？”

两个犯人道：“记住了，记住了。”

魏东山道：“别让我再逮到你们做这档子破事儿。”

两个犯人点头如捣蒜。

胖子喊：“滚吧！”

两个犯人转身离开，瘦子犯人还在他们屁股后踢了一脚。

魏东山回过头来，盯着吴豫，语气凶横：“你看什么看？”

吴豫转过头，默默离开。

是夜。

吴豫在床上看书。

魏东山进来，躺在床上盯着吴豫看。

魏东山一使眼色，胖子就走了过去。

胖子笑着道：“哟，新室友呢。”

吴豫没理他。

胖子道：“不懂规矩！”伸手便来抓吴豫的肩膀。

“滚！”吴豫低声道。

只听一声闷响，胖子捂着鼻子，发出“呜呜”痛苦的声音，像被弄痛的胖猫一样跳着走开了。也不知道吴豫用了什么手法，重重揍了胖子一拳。

反了，这还得了？魏东山和瘦子跳下床，向吴豫扑过来。魏东山攻上，瘦子便扑下身，去抱吴豫的腿。这是典型的监舍里这样狭小环境的打法，只要把吴豫放倒，就能一拥而上，死死地把他压住。这哪里难得倒身经百战的吴豫，吴豫出脚如电，一脚把瘦子蹬得飞了出去。

就这一蹬腿的瞬间，魏东山已经扑到面前，和吴豫扭打到了一处。

“反了，王八蛋！”胖子捂着鼻血，含含糊糊地说。

“魏哥，揍他！”瘦子在墙角瘫着。

吴豫和魏东山交手刚过几招，就发现这魏东山身手不弱，想必是多年帮会生涯练就了些狠辣的拳脚。吴豫猜得没错，魏东山入狱前，跟着江湖大佬跑过各种生意，讨债斗殴是常态，他和人打起架来也不管什么套路招式，只管如何能最快捷、最直接地放倒对方。

吴豫沉下心来，和他以快打快，一时竟然没分出胜负。

“老大，管教来了！”

魏东山和吴豫斗得天昏地暗，这时双双罢手，各自坐到一边。一名监狱管教走到监舍门口：“这是怎么回事？”

胖子一揩鼻血：“报告，摔了一跤。”

管教指着吴豫身后，说道：“这个呢？”

魏东山这才惊觉，他刚刚和吴豫只顾打斗，吴豫的床位角落被打得一片狼藉，床板被打烂了不说，连床体的钢架都被打弯了。

瘦子口中嘀咕："坏了，这小王八蛋多半要告发魏哥。"

只听吴豫道："我刚刚练俯卧撑，失手滚了下来。"

这下真的是大出诸人意料，这吴豫竟然颇为懂事。

管教走了之后，魏东山走到吴豫床边，摸出一支烟递给他。

吴豫不接。

魏东山道："是个爷们儿！不抽？拿着吧，这可是好东西啊。"

魏东山把烟硬塞给吴豫。

"咱们见过，今天下午在浴室。"

吴豫道："知道。"

这魏东山颇有些江湖习气，他见吴豫也是一条汉子，便想结交。

魏东山道："我叫魏东山，打架进来的，你呢？"

吴豫冷冷道："吴豫，跟你一样。"

魏东山间："你打的是谁啊？"

吴豫便把名字一报，魏东山哈哈大笑。吴豫当日揍的便是魏东山的小弟。

魏东山道："咱们俩挺有缘的呀，兄弟！"

吴豫尴尬地笑笑。

魏东山道："你怎么看上去闷头闷脑的呀，没劲！"

吴豫扬了扬拳头。

魏东山低声道："改天老子再和你活动手脚。"

查寝了，监舍外有人喊："魏东山，回到你床上去。"窗外巡逻管教提示魏东山，魏东山磨蹭着慢慢躺回自己床上。

吴豫躺下的时候，脑子里浮现出王北俪，浮现出他的父亲、母亲和妹妹吴芳，这长夜漫漫，无边黑寂，也只能靠思念来将自己的心填满。否则的话，他将如何挺过这枯燥而艰险的监狱生涯！

吴豫不知道的是，就在他进监狱的第一天，他的父亲吴刚在离他七百多公里的老家气得直哆嗦。

父亲吴刚猛烈地咳嗽，他吃力地扶着墙走到柜子旁边，拿起药瓶，倒了三颗胶囊在手里。他看了一下，又打开药瓶多倒了两颗，就水服下。

吴刚长叹一声，告诉回老家看望他的吴芳："我就算死了，也不要他来磕头！"

在监狱里的吴豫，怎么也想不到自己已经成了众叛亲离的人。

他为什么会这样，他自己心里清楚。

吴豫在监狱里，很快和魏东山混熟了。在国安局干过的人，一般都具有很强的社会交往能力，虽然吴豫比较寡言内向，和胡夏峰不可同日而语，但是监舍的人际关系远没外面那么复杂。

魏东山、吴豫，加上胖子、瘦子二人，迅速建立起了狱友交情。

时间总是无情地向前，人生的画面也像电影般不断切换。

在很远很远的医院里，两名医生站在窗前说着什么，吴刚躺在病床上艰难地呼吸，病历记录上写着：肺癌。

与此同时的时空画面，在监狱的浴室里，吴豫、魏东山、胖子、瘦子四人一起洗澡，魏东山颈后有个很明显的文身。

这个文身，吴豫太熟悉了。

既然已经熟络起来，吴豫也不再回避，他直截了当地问：

“哥，你这文身是哪儿来的？”

“你说脖子后面这个？”

“是。”

魏东山道：“嗨，你问这个干什么？”

吴豫的眼睛亮亮的，看着魏东山，观察他的神色，他不像是在逃避。吴豫便顺口道：“问问嘛。”

魏东山道：“那个时候年轻嘛，就图个威风，我朋友文了个看上去挺有气势的，所以我也跟着文了。”

吴豫道：“你朋友？”

魏东山忽道：“你知道这个文身是什么意思吗？”

吴豫不说话，他的一颗心提到了嗓子眼儿。

魏东山得意道：“这个文身，叫作‘赤影夜叉’。”

吴豫尽量让自己放松下来，他问：“这个文身挺威风的，你还有那个文身师傅的联系方式吗？”

“你也想文一个？”

“对，我也想文一个在背上。”

魏东山道：“联系方式？我估计是找不到了。”

吴豫道：“这么复杂的文身，滨海市能有几个这样的师傅？”

魏东山摆手：“不，我不是在滨海市文的。”

吴豫警惕起来，道：“那是在哪儿？”

“云南吧，等出去后，你要真想文，我带你去，以后你就跟着老子混了。”魏东山一边哈哈大笑，一边拍吴豫的肩膀。

不久后，噩耗传了过来，吴芳来看吴豫，给了吴豫一封信，她连父亲去世的消息都不愿意亲口告诉哥哥。

吴豫隔着探视的玻璃在读信。

在大山深处，村子里的灵堂里，亲戚三三两两正在上香。

照片上，放的是吴刚的照片。

是夜，监舍里诸人已经躺下。

吴豫翻身而起，问道："哥，你那儿还有烟没有？"

魏东山道："就剩一根了，出啥事了吗？"

吴豫道："我爹走了。"

吴豫颓然地递过信。

魏东山读完信，小心折好还给吴豫："节哀！"

瘦子问道："能不能申请回去奔丧？"

吴豫沉默了很久，说道："不了。"

魏东山问："为什么？"

吴豫想了一会儿，红着眼眶还是说："不了。"

他仿佛从来都不喜欢多说话。

他仿佛总是把所有的事情都藏在心里。

12

监狱外的阳光

2019年，郭伟杰和大钟拿着单位介绍信，造访滨海第三监狱。

门口接待的警卫给上级打去电话，确认了来人身份，便有人接引二人进去。

监狱铁门关上的一刹那，感觉天地隔绝。没有进过监狱的人，是永远也无法想象那种隔绝感带给人精神上的杀伤力。

监狱长是胡夏峰当年的同学，名叫梁平。梁平高高的个子，很瘦，制服在他身上显得空荡荡的。

梁平一看是胡夏峰麾下的干警，接待得非常热情。

郭伟杰提出工作需要，想了解当年吴豫服刑期间的事。

梁平安排了人手把当年的档案资料都找了出来。

郭伟杰和大钟细细地看。

郭伟杰有所发现："这是……"

梁平道："这人叫魏东山，是吴豫当年的狱友。"

郭伟杰看着魏东山的照片，他的脖子上有一个青色的文身！

郭伟杰脑门儿一跳，一个非常大胆的想法钻入了脑子：吴豫是不是没有放弃当年的案子？

梁平道："他和吴豫关系很不错，比吴豫先出狱，吴豫出狱的时候，还是魏东山来接他的。"

郭伟杰叹气道："胡夏峰副局长曾说过'十句话内要和别人熟悉起来'，这还真的是国安干部的基本功。"

郭伟杰和大钟看完材料后，便向梁平告辞，梁平留二人感受一下狱中食堂的伙食条件，二人连声婉拒。

二人从铁门走出来的时候，阳光耀眼，在光晕的照射中，郭伟杰一度产生幻觉，他仿佛看到吴豫当年出狱的样子。吴豫已经不再年轻锐气，他脚步沉重地走了出来，用力吸了一口外面的空气。在他的对面，是来接他的魏东山。魏东山靠在车旁，抽着烟，招呼吴豫上车。上了他的车，就是一伙人了。

郭伟杰心情很沉，他回过头对大钟道："钟哥，我们做一个假设吧。"

大钟问："什么假设？"

郭伟杰道："假设吴豫是为了查当年的线索，才进这里来的。"

大钟不信，摇头道："他未免牺牲也太大了吧。"

郭伟杰沉吟半晌，道："如果是吴豫，就能做得出。"

大钟道："吴豫是如何得知魏东山的脖子上有和当年张池一模一样的文身的？"

郭伟杰道："这重要吗？"

大钟道："不重要吗？"

郭伟杰道："每个人都有自己查案的风格和方法。"

大钟奇道："吴豫是什么风格？"

郭伟杰凝神道："认死理。"

大钟失笑道："你是说他故意进来，就是为了查魏东山？"

郭伟杰道："不，他是为了贴靠魏东山。"

郭伟杰的脑海中闪回刚刚看到的资料，上面显示魏东山入狱的时间就在"雷霆专案"发生后不久，也在吴豫入狱前不久。

大钟想了一会儿，道："嗯，他收到了魏东山脖子上有这个文身的线索，于是便追踪进来。"

郭伟杰道："这个文身如此奇特，张池又如此狡猾，在当年案发后，他自然躲藏得更深，甚至几年、十几年都不会再次出现。吴豫只能追踪文身这条唯一的线索。况且，吴豫掌握了张池的正面照片，又和张池擦肩而过，只要再看到张池，他一定能认出他。这比普通公民看见了通缉令照片自发地配合公安机关找人，成功的概率要大得多。"

大钟缓缓道："文身是体表特征，但这个特征并不是唯一特征，而且容易改变。不过这个文身极其复杂，又具有特殊含义，魏东山肯定和张池有着紧密关系。"

郭伟杰道："这门斗争拼的就是耐力，就是底气，就是坚忍啊。你想想，当一个人和你共同坐过三年牢，你还有什么不信他的？"大钟微微动容，道："这三年牢狱……原来是'打入敌内'工作的准备。"

大钟又道："可是……可是他已经不是警察，也不是国安战士了！"

郭伟杰不说话，道："这都是我们的假设……"

大钟正色道："是。"

郭伟杰凝神道："也有另一种可能，是吴豫根本就变了，他犯故意伤害罪，进了监狱，正好遇见了魏东山，和魏东山打成了一片。"

大钟问："你宁愿相信哪一种可能？"

郭伟杰长吸一口气，缓缓道："我们办案讲证据。"

大钟道："我们当务之急，还是找到吴豫。"

"对，只要找到他，一切问题就可以得到回答。"

这些都是郭伟杰的猜测、推理，光凭魏东山的脖子上有一个文身，是不可能得出吴豫还没有放弃当年案件线索的结论的。

郭伟杰看了一眼头上的烈日，又看了看自己脚下的影子，烈日之下，人影缩短。

"吴豫已经不是警察了"，大钟的话在郭伟杰的脑海中盘旋，那么，吴豫到底在干什么？

他到底是不是变了？

吴豫出狱的时候，先期出狱的魏东山来接他。

铁门打开的那一刹那，吴豫用力呼吸了一口外面的空气，他这三年来和魏东山打成了一片，他们在无数个日日夜夜里，谈论各种男人之间的话题。

吴豫也在无数个日日夜夜里，想起王北俪，这笑起来甜甜的女子现在怎么样了？

吴豫低头看了一眼自己皱巴巴的衣服，摸了摸自己的胡子，从手心传来的是一种沧桑的感觉。他哑然失笑，自己这几年竟然像是老了十岁。

吴豫伸手挡住刺眼的光线，向远处看去，王北俪、胡夏峰、钱雨正向他走来，旁边还有他的妹妹吴芳、母亲和父亲吴刚。

他猛然醒悟，父亲吴刚已经不在人世了。

他揉了揉眼睛，原来只是他的幻觉。

蓦地，他突然看见魏东山的车停在门口，魏东山倚着车门，大口大口地吸烟。

吴豫不知道自己是该庆幸还是失望。

这天下之大，竟然没有一人能理解他现在所做的事。

这天下之大，竟然没有一人来迎接他重获新生。

除了魏东山。

魏东山来接他，早在吴豫的预料当中。

魏东山走上前来帮他拿东西，说道："走，上车！"

拉开车门的那一瞬间，吴豫没有一丝犹豫，他等的就是这一天。

上了他的车，就是一路人！

魏东山问："想去哪儿？"

吴豫道："没地方去。"

魏东山道："那跟我走。"

吴豫道："去哪儿？"

"先带你去理发。"

理完发出来的吴豫，精神多了。

二人又上了车。

吴豫道："去哪儿？"

魏东山笑道："跟我走，还用问？"

吴豫道："不问。"

魏东山又笑道："先带你买身规矩的衣服。"

车在城市里穿梭，魏东山聊着一些不着边的话题，蓦地他话锋一转，道："要不要先去拜祭你爹？"

吴豫沉默了一会儿，道："现在不要，我现在没个人样。"

魏东山道："以后跟着我，混出个人样！"

吴豫看着车辆后视镜里的自己，他发现自己的眼睛是灰色的。

13

暗号与组织

“吴豫前辈是不是去做卧底了？”周佳佳歪着头，看着郭伟杰。

郭伟杰从路边的自动售货机上买了两瓶水，拧开瓶盖递给周佳佳。

他们二人找到了魏东山的住址，正要前往。

郭伟杰大口大口地喝着水，他口渴极了，冰冻的水从喉咙进入肠胃，让他整个人一激灵。

“我开始也这么以为……”郭伟杰道。

周佳佳道：“电影里不都是这样的情节吗？”

郭伟杰一摊手：“可是遗憾得很，胡夏峰副局长已经问过了，并没有任何人安排吴豫去做所谓的‘卧底’……而且，没有任何线索表明魏东山和当年的张池有关系。”

郭伟杰重复了一遍：“既然当时没有线索表明魏东山和张池有关系，那自然谁也无法未卜先知，让吴豫来一场‘假离职’去当‘卧底’。”

“嗯。”周佳佳点头表示同意。

我们只要找到魏东山，就知道了。

“魏东山现在该是一大把年纪了吧。”周佳佳笑道。

郭伟杰道：“他和吴豫年纪差别不大。”

“十九年就这样过去了。”

郭伟杰道：“那个时候，你还在用口水围布擦鼻涕。”

周佳佳举手作势要打。

郭伟杰道：“啧啧，手可真重，当心一拳打死了我，你也要负责……”

二人走回车里，郭伟杰把车钥匙递给周佳佳。周佳佳发动汽车，道：“这出门的风气是不是该改一改？”

郭伟杰好奇道：“咋了？”

周佳佳道：“哪儿有女士开车的道理？”

郭伟杰道：“女士开车咋就不行了？组织里都是同志，一律平等。”

周佳佳一翻白眼：“太不绅士了，你看人家别的部门……”

郭伟杰笑道：“啧啧，佳姐的车技没话说，人家别的部门那些女司机能和咱们佳姐比吗？”

周佳佳猛踩一脚油门，方向盘一打，车辆如箭猛射，郭伟杰只觉一阵推背感，他刚喝了口水，差点喷出去。

周佳佳看了他一眼：“你是说我车技好？”

郭伟杰苦笑道：“你可知如何判断一个女司机的车技好与不好？”

周佳佳道：“如何？”

郭伟杰道："那就是转弯的时候，你看她车子的雨刮器会不会刮起来！"

周佳佳一愣，随即被逗乐了，"咯咯"地笑起来。女司机新手开车，有时候转弯打转向提示灯，会碰到雨刮器。

郭伟杰伸了下懒腰，打开车载收音机放歌，顺手按下周佳佳方向盘旁边的雨刮器开关。他跟着收音机哼歌，对着摇摆的雨刮器喊："前面的朋友，挥舞你们的双手。"

周佳佳一乐，车速也放缓，二人心情变好。她偷偷看了一眼郭伟杰，这年轻帅气的小伙子阳光、开朗、上进、有事业心，特别爱笑，颜值虽不出众，却很是耐看。

郭伟杰取出文件袋里的资料，上面写着魏东山的情况。资料是从云南省国家安全厅调取出来的，根据目前掌握的情况，魏东山出狱后活跃于边境地区，在云南与缅甸之间从事一些贸易活动，时而贩翡翠，时而贩石材，时而做物流，由于与缅甸方面对华不友好人士来往密切，一度被云南省国家安全厅纳入关注对象。在关注了魏东山许多时间后，发现魏东山和一帮缅甸人混在一起，主要是为了挣钱，偶尔发发牢骚，这也可以理解，毕竟曾被司法部门打击过，蹲过监狱的人，要让他继续对政府感恩戴德，很难。久而久之，魏东山也就淡出了他们的视线。

魏东山的生意本来做得风生水起，后来利欲熏心，想在缅甸的地盘上蚕食对方利益，因此而被老缅帮抵制。纠纷产生后，两家也不找当地的政府说理，直接就江湖事儿江湖办，魏东山和老缅帮大打出手，伤了元气，节节败退。老缅帮放出话来，要弄死魏东山。

当时魏东山有一小弟，拳脚了得，其情状如常山赵子龙在长坂坡七进七出救主，若非此人出手，魏东山早就被大卸八块扔进湄公河喂鱼了。

湄公河上游在中国境内河段叫澜沧江，藏语拉楚，意思为“獐子河”。这一流域从来就多故事。

魏东山被救回来的时候只有半条命，休养了很久才恢复，而他那身手了得的小弟，后来离他而去。

郭伟杰合上资料，他在想，这人多半便是当年踢死嫌疑人的吴豫。他内心有几分惋惜，魏东山真的是死性不改，蹲过刑狱，遇事还这般火暴，动辄便与人大打出手，动不动就要抢地盘，多半也不是做什么正经生意，吴豫跟着魏东山这样的人，能活出个什么样。

周佳佳问：“现在魏东山在哪儿？”

郭伟杰道：“三年前，魏东山回滨海了。”

周佳佳道：“回滨海了？”

郭伟杰道：“是的。”

“叶落归根，岁数也不小了。”周佳佳看着导航。

郭伟杰道：“岁数也不小了……”

他顿了一顿，调低收音机，收音机里放着李宗盛的歌，歌声沧桑而深沉。

郭伟杰缓缓道：“想必现在也不会像年轻时那样打打杀杀了。”

周佳佳“嗯”了一声，也不知道他说的是魏东山，还是吴豫。

导航提示目的地快到了。

导航的目的地是一处正在热火朝天的建筑工地。

太阳灼烤着大地。

郭伟杰找来工地保安，隐去自己身份，说明来意是要找一位叫魏东山的男子。那个保安爱搭不理，郭伟杰掏烟好言几句，又辨明保安口音，声称自己与他是老乡。三五句话沟通下来，那个保安的态度明显大转弯，还悄声好意提醒郭伟杰，如果是来找魏老头要债，恐怕已经掏不出钱了。郭伟杰哑然失笑，此人当年在滨海地下骄纵得很，吃了牢饭，又去为祸缅甸友邦，半辈子刀光剑影的也算个人物，如今岁月不饶人，连个年纪轻轻的保安也对他不大瞧得上眼。魏东山呀魏东山，从魏东山变成魏老头，他毕竟再也没有东山再起。

“是那栋楼吗，师傅？”

保安给郭伟杰指路：“就那边啊。”

郭伟杰道：“好，麻烦您了啊。”

郭伟杰和周佳佳扶着安全帽深一脚浅一脚地往里走，汗水顺着帽子流下来。

周佳佳笑道：“这么大的太阳，咱们还出来工作，生活得多不容易啊！”

郭伟杰忽道：“看来这魏东山到了没有东山再起。”

周佳佳道：“若是东山再起，也不会顶着大太阳生活在这种地方了。”

她刚说完话，便远远看见了魏东山。她确定是照片上的魏东山无疑，只是已经苍老了许多。

“啊——”周佳佳张大了嘴巴，她看见魏东山正戴着安全帽，光着膀子指挥工人干活儿。想象中的江湖豪客模样，竟然成了活脱脱的包工头，毒辣的太阳照着他的险，他的头发已经稀少而发白。

郭伟杰唏嘘不已，十九年过去了，魏东山已经老了，那么吴豫呢？吴豫比魏东山年轻不了多少，他现在过得怎么样？是不是也已经饱历沧桑？是不是也已经有了些许白发？

只听魏东山沙哑的声音正在嘱咐其他工人："下周之前内部一定得完工，不然后续的工程都要延期。"

郭伟杰咳了两声，魏东山警惕地抬起头，这么多年他还是过得战战兢兢。

魏东山看着旁边的郭伟杰和周佳佳，斜眼打量二人，确定二人不像是债主，表情这才松弛下来。

郭伟杰试探地问："魏……总，能方便聊两句吗？"

魏东山见郭伟杰是个不认识的后生小子，不耐烦地指指旁边的一排房子。

魏东山道："招工的地儿在那边。"

郭伟杰笑道："魏总，您可能误会了。"

郭伟杰随身掏出个警徽，警徽闪烁耀眼，魏东山几乎感到一阵眩晕。国安局组织里有纪律，不轻易亮证件、打牌子，但郭伟杰深知这魏东山是个老江湖，若不亮明警察身份，恐怕他不会合作。他掏出个警徽，也未明说自己是国安局干警身份，至于到底是什么警种，魏东山你自己想去，犯过什么事儿就知道自己该怕什么。

蓦地，工地上有工人一声喊："有人昏倒了！"

工人们都围了过去。

魏东山和郭伟杰急忙过去看昏倒的工人。

郭伟杰趴在工人身边简单查看了一下，急救课程可是郭伟杰在警校的必修课，他还拿了满分。

郭伟杰道："晕厥，大伙别围着了！谁给我搭把手，先把人抬到屋里去。"

魏东山转头喊："大家休息半小时再干活儿。"

他一挥手，制止了上来帮忙的工人，自己帮郭伟杰抬起工人。

魏东山和郭伟杰两人把晕倒的人抬进了工人住宿的帐篷。郭伟杰猛掐工人的人中，魏东山给工人灌了两大碗水，工人慢慢缓过来。

魏东山从裤兜里摸出半包烟，皱巴巴的，他熟练地抖出一根，递给郭伟杰。

郭伟杰笑笑："谢谢，我不抽。"

魏东山自己点上一根，来者不善啊，眼前这小年轻是吃衙门饭的人，到底找自己干什么呢？魏东山早就过了打打杀杀的年纪，现在有个包工头的营生，实在怕再被过去的事情牵连。

人一旦害怕，就意味着老了。

魏东山打了两次打火机，没打着，他甩了甩打火机，好在是打火机没气了，不然多丢人。

他一抬眉毛："说吧，你来找我什么事？"

郭伟杰道："我找个人。"

魏东山道："谁？"

郭伟杰道："救过你的人。"

魏东山冷冷一笑："救过我的人多了。"

郭伟杰道："这个人还是你的狱友。"

魏东山动容道："他犯什么事儿了？"

郭伟杰笑道："不，我只是想找他了解一下过去一个案子的情况。"

魏东山警惕地问："确定不是他犯事？"

郭伟杰道："确定。"他察言观色，只觉得魏东山对吴豫特别关心，二人看来果然是过命的兄弟。

魏东山仍然有疑，道："我已经很久没听到过他的消息了，看来没办法帮助您。"

郭伟杰沉声道："不，我不是要他'现在'的消息，我要他'过去'的消息。"

魏东山道："为什么一定要找他？"

郭伟杰压低声音，一字一句道："因为他是吴豫。"魏东山猛吸一口烟，看看躺在床上的工人，对郭伟杰说："换个地方聊。"

魏东山把郭伟杰、周佳佳带到他的办公室。所谓办公室，不过是一个临时的集装箱屋。

"他跟你到云南待了三年多？"

魏东山道："嗯，一直到2008年年初。"

魏东山看着周佳佳，明显有一些拘谨，他身上的工服满是油污。

郭伟杰读懂了他的意思，示意周佳佳转身别看，魏东山把被汗水浸湿的背心脱下来，背对郭伟杰在柜子里找衣服。

郭伟杰盯着他的后背看。

郭伟杰道："魏总，你脖子上的文身图案挺少见啊，在哪儿文的呀？"

魏东山道："年轻时候文的。怎么，你也想文一个？"

郭伟杰道："警察哪敢文这些，等我退休了再想想吧。"

魏东山道："你要真的想文也没辙，当时吴豫也很想文，缠着我要文身师傅的联系方式，可一直到他走之前，我也没找到。”

郭伟杰的脑门儿一跳，他只觉天旋地转，问：“你是说他一直在找这个文身的师傅？”

魏东山道：“出狱的时候他就想让我去找。”

郭伟杰道：“这文身有什么独特之处？”

魏东山笑道：“我也不知道，早些年我在云南遇到的这个文身师傅，你可别小看他，道上混的都知道这人不轻易给人做文身。”

“这个文身还做出‘规矩’来了？”郭伟杰赔笑道。

“可不是？这文身虽然是亚文化，可是能被很多年轻人接受。这个文身叫作‘赤影夜叉’。”

郭伟杰凝视这个文身，文身设计复杂，笔笔都是精工，他也见过许多小年轻的文身，和这个比起来简直是天壤之别。这个文身的手艺让所有图案都活了起来，夜叉的双目有神，脚的九头鱼龙更是盘结灵动。

这样的手艺，恐怕找不出几个。

这个图案是什么意思？

这个图案是不是十九年前，在张池脱逃的现场，吴豫见到的那个文身？

“后来你没找着？”郭伟杰停下手中的笔。

“我托了很多兄弟打听，吴豫也都问过，有人给我们说这个文身是一个‘组织暗号’，那文身艺人不轻易给人做。”

周佳佳一皱眉：“组织暗号？”

魏东山道：“这都是瞎扯，我加入没加入什么组织，难道我自己不清楚？”

郭伟杰警惕地问：“吴豫是什么时候离开的？”

魏东山道：“我记不得具体时间了。”

郭伟杰道：“您仔细想一想。”

魏东山道：“好像是在魏乐乐的生日之后。”

“魏乐乐是谁？”郭伟杰问。

“我边贸公司里的一个姑娘，当时对吴豫挺好，大家都希望他们能成。”魏东山叹了口气。

郭伟杰试探着问：“魏总，吴豫和魏乐乐的关系……”

魏东山笑道：“吴豫和魏乐乐有一阵特别暧昧。”

郭伟杰道：“他们二人确定关系了没？”

“应该有吧，魏乐乐经常上门帮他洗衣服做饭呢，他们俩真的挺般配的。后来魏乐乐过生日，我们以为吴豫要有所行动呢，谁第二天这小子就不辞而别，消失了。”

郭伟杰问：“那么，吴豫为什么不辞而别，你想过吗？”

“这个问题不光是你，我和魏乐乐也很奇怪，我也曾想过去找他，可是这天大地大，他又无亲无靠，把通联电话一扔，上哪儿找去？

郭伟杰道：“他离开之前，发生过什么比较特别的事吗？”

魏东山想了很久，说道：“有个从武汉来的兄弟，说是见着了当年给我做文身的大佬的徒弟。”

“于是他就离开了？”

“这两件事能不能搭上关系，我觉得悬。好好的一人，为什么和一个文身过不去呢？”魏东山说。

郭伟杰记下重点——武汉。

周佳佳问："后来，魏乐乐人呢？"

魏东山道："找吴豫去了。"

"一直找？"郭伟杰又问：

"对，一直在找。"

魏东山停顿了一下，又道："直到她找不动了……后来她随便找了个人嫁了。现在，应该也是当妈了吧。"

郭伟杰和周佳佳对望一眼，赶紧又把各自的眼神移开。这轻描淡写的十几年情感变化，听似云淡风轻，实则厚重无比。

周佳佳道："这位魏乐乐对吴豫……情感很深吗？"

魏东山叹气道："那又怎么样？这吴豫，就像块石头，不过我和他这么多年，我知道他心里有别人。"

郭伟杰的心中一震，这个吴豫心中的女子，想必便是当年的王北俪。

郭伟杰突然被一种巨大的孤独感包围，这种孤独感来自对吴豫的感同身受。吴豫一定很孤独，当他孤独的时候，如果有个魏乐乐陪着他、对他好，会不会能稍微抚慰一下他？

魏乐乐和吴豫认识，是在他们出狱去云南的第二年。吴豫跟随魏东山开始经商，他并没有太多的经商天分，又不善言语，魏东山便安排了魏乐乐来帮他。

魏乐乐很乖巧，高高的个子，和许多云南女孩一样温柔如水，开朗得如同滇西高原上的阳光、蓝天和白云。那几年计算机发展得很迅速，做账、做交易都能在计算机上实现，魏乐乐年纪轻，学东西快，没过多久就成了吴豫的得力助手。

魏乐乐总是耐心地教吴豫，总是不厌其烦地解决吴豫没有处理好的事，魏东山看在眼里，乐在心里，也只有魏乐乐这样细心的人能照顾吴豫这块大石头。

吴豫一开始似乎没想过和魏乐乐交往，他对人还是那么冷、那么远。直到有一天，吴豫和魏东山的一帮小弟豪饮之后，醉倒街头，魏乐乐一伸手便扶住了他，她几乎支撑不住他身体的重量，他和她倒了下去，她抱住了他，感觉心满意足。

从那以后，魏乐乐便上门为他洗衣服做饭，公司里的小弟们会跟魏乐乐开玩笑，叫她二嫂。在魏东山鼎盛时期，边境上来往的人，都叫他魏哥，而吴豫作为魏东山的过命兄弟，自然也排行老二。

魏东山有时候会借着酒意问吴豫："你什么时候娶魏乐乐过门啊？"吴豫只是"嘿嘿"地憨笑，谁也没注意，魏乐乐的手从饭桌底下已经牵住了吴豫。吴豫缩回了两次，后来也就不缩了，人前人后任魏乐乐牵着，只要她高兴。

吴豫和魏乐乐相处的这些年，有时候把魏乐乐当依赖，有时候又把魏乐乐当亲人，他自己恐怕也说不清楚对魏乐乐的感觉。可是，魏乐乐明白，她从一开始就是明明白白的，她虽然文化程度不高，可是她却能读到吴豫的灵魂，她觉得吴豫和魏东山之流绝对不是一类人。

吴豫会在夜深人静的时候看一些魏乐乐连名字都看不懂的书。

他虽然不善言辞，可是却具有锐利、独到的眼光，他总能找到解决问题的方法。

吴豫的内敛、深沉、睿智，对魏乐乐产生了无尽的吸引力。

直到魏东山深陷老缅帮的围攻时，吴豫独自一人双拳将魏东山救了回来。魏乐乐认定，这是个讲义气的男人。

她从没有想过自己能配上吴豫。她只想陪着他，陪着他在大理洱海边吹吹风，陪着他走一遍茶马古道最漂亮的一段，陪着他去看看玉龙雪山，陪着他被高原的阳光晒黑脸上的皮肤，然后咧着白白的牙齿，相互笑。

魏乐乐总是没心没肺地笑，可是当她不笑了，她看着吴豫，眸子里却有着深不见底的忧伤。这种忧伤源自何处，她自己心里也不清楚。

吴豫离开前，把三年的积蓄打到了魏乐乐的账户上，当时大伙起哄说吴豫这块石头疙瘩终于想明白了，主动上缴家当就是要和人家一起过日子呗。

谁承想几天后，吴豫就不辞而别了。

吴豫去了哪儿？

他像风一样，像谜一样，没人知道他要干什么，没人知道他去了何处。

郭伟杰想，吴豫对魏乐乐是不是只有感激？他不辞而别，这个像高原阳光般的魏乐乐该有多伤心？

这些年，吴豫在找什么？他知道不知道有个女孩在找他？

郭伟杰看着魏东山的文身出神，魏东山已经快要穿好了衣服。

郭伟杰道："我能拍两张你文身的图片吗？"

魏东山道："拍吧，你记得给我脸上整个马赛克啊。"

滨海国家安全局副局长办公室内，胡夏峰打开电脑，滑动鼠标查看郭伟杰传过来的图片。

他拿起手机拨通电话，对电话那头道："你查吧。"

技术部门的干警随即将文身图片录人国安局数据库，进行全方位比对。

结果很快就出来了，筛出了两个人。

其中一个，叫付海。

郭伟杰迅速反应："大钟，交给你去办。"

大钟拿着地址资料，很快出发去找人。对胡夏峰来说，手底下的年轻人都很能干，反应很快，能打胜仗，这是非常过硬的作风。

大钟驱车离开滨海，抵达目的地的时候已经是第二天晚上，他带着另外一位年轻干警在夜幕与霓虹灯下穿梭，最后在一处老平房前驻足，核对墙壁上的门牌号。

大钟敲敲门，半晌，门内探出一位慈祥、干巴的老妇人。

"找谁？"

大钟问："请问付海还住这里吗？"

老太太像是没听见，转过身，也不关门，她回到桌前拿起碗，给瘫痪在轮椅上的老头儿喂饭。

大钟正要开口说话，突然听见老太太哽咽的声音："我儿子已经去世很多年了。"

老头儿虽然瘫痪，可是神志正常，他神色复杂，一字一句道："有什么好可惜的，这种东西……"

大钟道："对不起……你儿子是生病还是……"

老太太没有回答，轮椅上的老头干哑着嗓音，似乎牙都要咬出血来，只听他切齿道："以前在一个什么组织里打黑拳，赌博的那种，比赛的时候让人给打死了！"

他咬着牙说完，两行泪已经流了下来，他瘫坐在轮椅之上，无法拭干。

大钟叹口气，唉，看样子，这个线索要落空了。

郭伟杰却不这么想。

远在滨海的郭伟杰和周佳佳，已经告别了魏东山，赶往局里。

周佳佳一路驾车，郭伟杰一语不发，他的脑海里琢磨的只有一个不起眼的线索，那就是魏东山提到的，有人告诉他这个文身具有特殊意义，不会轻易改变，是一个组织的暗号。

到底是什么组织？

到底是什么暗号？

14

奖章

2008年发生了很多事，最鼓舞人心的莫过于奥运会的举办，成龙、王力宏、容祖儿、那英等艺人演绎了一首脍炙人口的歌曲——《北京欢迎你》。

那个时候的胡夏峰正执行着北京奥运会的安保任务。

北京奥运会固然令人自豪激动，可是看不见的波澜下斗争依然激烈。境外的各种“妖魔鬼怪”却并不乐见中国强盛，屡屡制造事端。

当年的胡夏峰作为安保成员被抽调到了北京，临走的时候他在心里暗暗下了决心，如果自己能建功而回，就用军功章向王北俪求婚！

胡夏峰来到北京的第一天起了个早，他向组织请示后，去了一趟长安街。这是他有生以来第一次去天安门广场，自然也是第一次去看广场的升国旗。

天刚蒙蒙亮，北方的天空特别蓝，空气里是干燥的风，和滨海的湿润完全不一样。天安门的红墙在蓝天的背景下衬出一种巨大的神圣感。

庄严的国歌缓缓奏响，胡夏峰站得笔直，这一刻他被一种庄严鼓舞的气氛感染，他觉得自己的热血在沸腾，他知道自己肩头的重量，他虽然着便装，还是情不自禁、自然而然、严肃地向国旗敬礼。

2008年的北京奥运会安保工作，胡夏峰立了奇功。在一次排查犯罪嫌疑人的过程中，胡夏峰敏锐地察觉到了嫌疑人的反常动向，若不是提前按住嫌疑人，这个人将会在第二天天亮时背负一个自制的汽油炸桶，跑到闹市来一场“自炸”，给境外的指使者制造可以炒作“中国不安全”的噱头。

本着消除危险、挽救同胞的心态，胡夏峰迅速通知相关单位，对犯罪嫌疑人的住所实施了包围，胡夏峰带队冲了进去，犯罪嫌疑人负隅顽抗，准备就地拉燃自制炸桶。

对于犯罪嫌疑人来说，在哪儿拉响炸桶，效果都一样。

电光石火之间，胡夏峰扑了上去，按住犯罪嫌疑人，然后着地一滚，用身体扑灭了炸桶的引线。事后，犯罪嫌疑人对其蓄意制造事端的犯罪意图供认不讳，并承认其受某国情报组织指使，从事反华活动。胡夏峰心中愤怒，为制造抹黑中国的噱头，不惜拉爆炸桶，伤及闹市无辜，一脚踏入犯罪的泥潭，不仅出卖了国格，还丧失做人的底线。

事后，胡夏峰被授予个人二等功。

夜晚，王北俪在视频里看见胡夏峰手臂上的伤，这个爱笑的女孩儿吓得面色惨白，她突然意识到胡夏峰对她是如此重要。

胡夏峰说：“别哭，别哭！你不知道，你除了笑，别的表情都不好看。”

王北俪忍住了眼泪，说：“你这张嘴，真是贫得欠抽。”

胡夏峰说：“彼此彼此，办公室里你平日也没少拆我台。”

王北俪笑了，说：“冒了这么大险，等安保完了，你有什么心愿？”

胡夏峰说：“我想和你去转转，看看故宫、颐和园什么的。”

王北俪说：“你等着，我这就来。”

奥运会安保结束了，王北俪和胡夏峰难得休了个假，二人在北京逛了逛。

王北俪问胡夏峰：“手还疼吗？”胡夏峰说不疼，早就好了。王北俪又问：“你当时怕吗？”

胡夏峰说：“我想起了当年的吴豫。”

王北俪沉默了一会儿，说：“若换了是他，他也会这么做的。”

胡夏峰说：“其实吴豫很喜欢你。”

王北俪笑着说：“其实你也很喜欢我。”

胡夏峰脸红了，说：“我就是怕向你表白。”

胡夏峰追求王北俪多年了，他嘘寒问暖、鞍前马后，连刚入职的小年轻都看得出胡夏峰这位行业里的未来之星在讨好王北俪。

可是他就不知道该怎么将二人的关系更进一步。

王北俪是诸人心中的女神，她性格开朗、处事随和，又和男生打成一片，众人像众星拱月一样地爱护她，谁也猜不到她心中所属，谁也不敢贸然闯她内心的门槛。

她笑起来，如春风一样美、一样甜、一样柔，让人身心愉悦，像是再烦恼的事都能被她的笑容赶跑。这样的笑容，困住了吴豫，也困住了胡夏峰。

王北俪笑得前仰后合，说："连犯罪嫌疑人都不怕，你还怕追我？"

胡夏峰说："我怕我配不上你，所以我要努力工作，不停地工作。我需要证明自己的优秀。"

王北俪不笑了，她突然不知道该怎么接胡夏峰的话。

有的女生，生来就具有高贵的女神气质，这种气质让人心生爱慕，让人觉得亲切亲近，可是一旦你试图走进她的情感世界，却又不敢，似乎只能仰望，这种气质让男子自然生出一种"配不上"的感觉。王北俪就是这样的女生，不，女神！

她想起了吴豫。

吴豫也是怕配不上她。

吴豫的心思，她自然也是知道的。

吴豫这可怜的人，现在又在何处？

颐和园的千亭万阙层叠，昆明湖远近波光潋滟，游船懒懒散散。王北俪将视线从胡夏峰那里移开。她迎风而立，轻轻撩起如缎子般的长发。她的耳垂戴着一只简单的耳环，长长的菱形，简单的装饰线条，显得她的侧颜温柔、纤美。

胡夏峰看得痴了，他内心对自己说，爆炸都不怕，有什么好怕的。他突然鼓起了和抓捕犯罪嫌疑人一般的勇气，快速上前，趴在石栏杆上，亲了王北俪侧脸一下。

他的心都要跳出来了，据事后他回忆，这简直比当年第一次抓捕犯罪嫌疑人还要紧张，还要惊心动魄，还要天崩地裂！

他心中想，以王北俪的性格，得顺手甩他一个耳光吧。

不过也值了。

情不自禁的吻，心心念念的思念，这大概是恋爱最好的样子。出人意料的是，王北俪没有甩胡夏峰一个耳光，她转过头来，抓起胡夏峰的手，摸着他胳膊上的伤疤。

胡夏峰的手上有很多伤，他入职以来破获不少大小专案，立过许多功。对于胡夏峰来说，有多少奖章就有多少伤痕。

王北俪说："把奖章交给我保管吧。"

"嗯？"胡夏峰愣了愣。

王北俪又补充了一句："包括以后。"

胡夏峰高兴得简直要跳起来了，他的脑子比吴豫灵活太多，他立刻明白了话里的意思，他喊道："不光奖章给你保管，我这个人都一并交给你保管！"

胡夏峰、吴豫、王北俪是办案的好搭档，曾经的铁三角，终于有两人走到了一起。

胡夏峰和胡夏峰的勋章有人保管了，那么吴豫呢？

吴豫在哪儿？

15

酒女

2008年的武汉街头。

吴豫穿梭于大街小巷寻找文身店，他拿着当年掌握的张池相貌的画像，每到一处便把文身图案拿出询问店家，挨个儿划掉每一处没有结果的地址。

吴豫走到一家文身店门口，店铺门口挂了把锁。

此时他肚子饿得咕咕叫，走进隔壁的面馆点了一碗面。

面馆里空空荡荡，除了吴豫，只有老板坐在门口看奥运会。中国的奥运健儿又一次摘金，每当国歌奏响的时候，吴豫总会心潮澎湃，有几次他差点就想站起来，向着国旗敬一个标准的警礼。

可是，他知道自己已经不是警察了。

他吃着面和老板攀谈起来，他虽然不喜欢多说话，可是和人谈话并拉近距离的国安基本功还是有的。若是连这点基本功都没有，魏东山这样的老江湖也不会把他当作过命的兄弟了。

“老板，你这面馆开了多久了？”

“有十多年了吧，我就住这楼上。”

吴豫问：“那您认识隔壁文身店的老板吗？”

老板道：“认识，晓天嘛，我们这儿的地头蛇，这家店是他的，他本人平时不常来。”

吴豫兴奋起来：“上哪儿能找到他呢？”

老板打量了吴豫一会儿，从他的眼神里能看出这个晓天不是个正经人，吴豫只听老板嘴里蹦出来两句话：“香水湾酒吧，他是老板。”

吴豫付钱，准备走人。老板叫住他，道：“年轻人，别和他们混一起，找点正经事。”

吴豫憨厚地一笑：“谢啦，我就要找些正经事。”

吴豫说要找正经事，就一定能找到正经事。

几天后，香水湾酒吧，吴豫和其他人一起把货车上的啤酒一箱箱搬下来。

他已经应聘成为香水湾酒吧的侍应。

在国安局待过的人，能应付扮演社会上的大部分角色。

他待了几天，没有遇见老板晓天，只得认认真真地当起了酒保。

“十号雅座两打喜力，十号雅座两打喜力。”吴豫在酒吧大厅里游走，耳麦里传来声音。

吴豫对着耳机：“收到，收到。”

吴豫提着酒送到十号雅座桌上。那间雅座里的诸人正在豪饮，空酒瓶已经放了几排。一名女郎正周旋于数名男子之间，那女郎一双丹凤眼明亮有神，嫣然一笑时真的是媚眼如丝，举手投足却又如烟云缭绕，从骨子里透出一股媚态。

媚态和风骚却是截然不同，风骚属于下乘，而媚态则气质深藏。早在白天下午的时候，就有同事告诉过吴豫，这个场子里有位美人，叫黄萧。那同事显然文化层次不高，未能成功描述黄萧的美貌，但吴豫还是一眼就意识到了，这女子肯定就是黄萧。

只听黄萧不停地在推酒，那个劝酒的男人已经把酒瓶送到了她的嘴边："刘总，人家喝不惯喜力啦。"她声音做作，也不知是故意还是无意。

那叫"刘总"的男子道："你说什么都行，咱们换百威可以吗？"

他伸手便摸了摸黄萧的脸颊。

吴豫收拾好酒瓶正要离开。

"刘总"道："欸，服务员，别走，再加一扎百威——给她。"

黄萧又和男子嘻嘻哈哈调笑一阵，吴豫没听太清楚，依稀听见黄萧说喝不了了，再喝就回不了家。那男子色眯眯的样子，嘴里嚼着字，大意是回不了家没关系，回不了家正好。

黄萧摇摇晃晃地站起身，顺势倒在了吴豫怀里，塞给他一张钱，用只有两人才能听到的声音说："帮我换掉。"

吴豫面无表情地把眼前的女人扶起来，说："厕所在右边。"

吴豫退出来，找来一箱空百威啤酒瓶，往里倒满凉水。然后他把打开的酒瓶盖，又挨个儿扣上去，酒瓶和瓶盖竟然又合拢了。

开过啤酒瓶的人都知道，用起子开过的啤酒瓶盖会变形，无论如何也没法重新装回原来的瓶口上，可吴豫硬是把变形的酒瓶盖压平再扣在了酒瓶上。

吴豫提来百威，给黄萧开了一瓶，黄萧拿起这瓶啤酒闻味道，嘴角微微一笑。

“女士，还需要开吗？”

“不了。”

吴豫再次退了出去，他躲到一个安静的角落，揉了揉耳朵，酒吧里人声鼎沸，各种“妖魔鬼怪”在寻找夜生活的刺激。

唉，这都多少天了，这老板晓天怎么从来不来店里？

吴豫看着场子里的年轻人摇头晃脑，突然胃里一阵反酸作呕。当他还是二十多岁小伙子的时候，他的生活和这些年轻人简直如同两个星球，是时代变了？年轻人时髦了，自己跟不上了？对，自己受过处分、蹲过监狱，混在魏东山身边那么久，已经老了。

吴豫终于等到了下班，他换下了工装，从酒吧后门的小巷走出，拎着最后一包垃圾。

他忽然发现一个黑影靠在墙角，纤细而性感的身体在发抖。

黄萧正扶着墙呕吐。

黄萧真的是大美女，即便是这样不堪的状态，也让人觉得漂亮，她伸手从嘴边撩开头发的动作，甚至还会诱发人的某些犯罪冲动。

吴豫走上前，递给她自己兜里剩的皱巴巴的餐巾纸和那张钱。

黄萧看了一眼是吴豫，直接拿过来擦嘴。

吴豫也不说话，他不知道该说什么，直接往巷子外面走。

“等一下。”黄萧叫住吴豫。

吴豫停下脚步，巷口的路灯照出吴豫的剪影，他身形硬朗、挺拔英气。

黄萧问：“你住哪儿啊？”

吴豫回过头：“关你什么事。”

黄萧看着吴豫，似笑非笑道：“我可以租一半房子给你，合租总要比一个人住划算得多。”

吴豫还是没说话。

黄萧走过来，搭上他的肩，一股浓烈的香水味扑入吴豫的鼻子。

黄萧挑逗吴豫，说道：“我还能让你实现你想要做的事。”

吴豫转过头看着她，黄萧被看得一凛，这男子的眼神竟然具有一种慑人的力量。

吴豫道：“真的？”

黄萧有些怯，她本来是想撩吴豫，结果吴豫认真起来，倒有些让人害怕。

黄萧强笑道：“难不成你想在这里……我并不是……”

吴豫依然盯着她，一字一句道：“你刚刚说过的，是不是能实现我想要做的所有事？”

黄萧的酒精醒了一半，她竟然没法逃开吴豫的目光，道：“是。”

吴豫推开黄萧，目光灼热道：“好。”

黄萧道：“你想要什么？”

吴豫沉声道：“我要找人，找晓天。”

场子里的红人，一定能找到老板。这么浅显的道理，吴豫跟魏东山混了这么久，自然是懂的。

16

星箭航天

2019年的胡夏峰一直很忙，作为滨海国家安全局的副局长，有许多会议要开。

今天早上驾驶员送他去市政府大楼开会的时候，他刚刚主持完“10·5专案”的案件推进会。

他已经记不得这是“10·5专案”的第多少次案件推进会了。滨海市重点保密科研单位901所失窃了，901所研发的航天密码系统是国家重要机构。

早在十九年前，当时的901所不叫901所，叫作14院。那个时候的胡夏峰还是一般干警，他带着王北俪、吴豫、钱雨等人与敌人斗智斗勇，阻止了窃密。案件的最后，王北俪搜出了那个被窃的优盘，胡夏峰擒获了14院的内鬼，吴豫踢死了犯罪嫌疑人郑晋。

现在，901所又出事了。

十九年来，胡夏峰本来以为对901所航天密码的保护已经固若金汤，可犯罪嫌疑人还是撬开了一个裂缝。901所的航天密码核心运算载体共有五块，现在丢失了一块，这丢失的一块虽然不会对整个航天密码的核心运算体系造成全面暴露，但也足以让犯罪嫌疑人分析出我们国家当前的科研水平。

现在的情况是，犯罪嫌疑人一定还会继续把手伸向剩下的四块载体。

真是汗颜，要抓紧破案！

一个声音在胡夏峰的喉咙里嘶吼着。

无论是当年的14院，还是如今的901所，他们搞的科研是一脉相承的，国家投入了许多人力和经费，本意是用于升级科技、造福人民，若是被犯罪嫌疑人窃取，胡夏峰作为滨海市的“守门神”真的是有愧江东父老。

当年的“雷霆专案”并没有完结，这个秘密一直压在胡夏峰的心底，他这十九年苦心经营，终于在境外建立了情报点——当年和张池联系收买科研资料的境外机构又再次悬赏要拿中国的科研资料了。

2000年—“雷霆专案”—某部委14院被窃密—嫌疑人张池。

2019年—“10·5专案”—901所被窃密—嫌疑人是谁？

这两者的共同点是什么？

国安局的分析研判部门已经综合许多情报做出了判断：

这两年中国的航空航天成就在国际上很冒尖，“墨子号”实现了量子通信；“悟空号”取得了暗物质探测的重大进展；“风云四号”卫星更是实现了气象卫星更新换代；北斗卫星导航系统先后完成11次发射任务；“嫦娥四号”实现了月球背面与地面站通过中继卫星通信的技术……境外的科研机构一定会眼红，眼红就一定会来窃密、破坏。

国安的侦查工作极其隐秘，不能外宣，因此“10 · 5专案”的情况仅限于承办人员知悉，种种敌内情报源源不断地反馈而来，都证明郭伟杰的直觉和胡夏峰的判断是对的，此次“10 · 5专案”的幕后黑手，极有可能就是当年和张池联络的境外某科研机构——张池在十九年前侥幸逃脱之后，再次迎合了境外科研机构的胃口。

“真够能忍的，蛰伏了十九年，我要是他，我都以为自己完了。”

胡夏峰闭上眼睛，休息了一会儿，901所的失窃案已经够麻烦了，但他马上还要应付更麻烦的事。市委通知召开一个紧急会议，不光国安局，还通知了舆情、通信、科教、公安等部门参会，从通知的紧急程度上来看，应该是个突发情况，是个大事。

他抵达市政府大楼会议室的时候，还比较早。但凡地方党委、政府召集开会，国安局的领导都会提前报到，并做好周全准备。

胡夏峰抵达后，滨海市公安局的副局长张晓曼也到了，他们二人打了多年交道，作为滨海市公安局雷厉风行的女局长，张晓曼可谓赫赫有名。

“胡局，又是你先到。”张晓曼小声地和胡夏峰打招呼。

胡夏峰道：“我单位离这儿近。”

张晓曼问：“知不知道是什么会？”

胡夏峰笑道：“张局您可是滨海城防司令官，连张局您都不知道我们就更无从得知了。”

张晓曼微笑道：“胡局说笑了，这么多年了还是这么幽默！通知咱们几家开会，估计是和‘星箭航天’有关。这件事经过初查，很有可能有境外背景，所以市委、市政府也就通知了你们部门参会。”

胡夏峰沉吟道：“嗯，八九不离十。”胡夏峰的脑门儿一跳，又是航天领域？901所的事儿正烦着呢！

他们二人一合计，猜测今天的会议和滨海市的一家民营火箭公司有关，这家公司叫作“星箭航天”，去年发射了中国第二枚民营运载火箭“青龙号”，算是中国民营火箭的开拓者和先锋。

张晓曼娓娓道来，这星箭航天公司最近出了一起事故，一名航天科技大学的学生在星箭航天公司短暂上班，说是上班，实际上就是毕业前的实习锻炼。星箭航天公司的待遇及发展空间，在业内本就很有口碑。这名大学生在实习期间自然努力表现，希望能顺利留下。

胡夏峰其实对这个案件的基本情况比较了解，后来事情发展得有些出人意料，这名大学生在实习期间兢兢业业，长期处于加班状态，公司的心理辅导部门也担心过这位员工会不会压力过大。

在一个深夜，这名员工从职工公寓的六楼阳台跌下，当场死亡。

经过公安现场勘查和法医鉴定，基本排除了他杀，推测这名员工心理或精神上存在某种疾病。

案件到了这儿按说就该平息了，可是后来不知道怎么回事，网络上铺天盖地地涌出一堆质疑的消息，质疑这次事故根本就不是自杀，而是星箭航天公司压榨员工，将其迫害致死，甚至还有人质疑这次事故根本就是星箭航天科研高层争夺利益的残酷结果。

张晓曼对网上的舆情基本上都有了解，最夸张的是有一种观点认为这名大学生本来是科研天才，在星箭航天公司里掌握了极其核心的技术资料，公司高层欲据为己有，于是爆发冲突，高层痛下杀手。网络上的各种谣言开始发酵，到后来有说公安包庇凶手的，有说市委主要领导的家属入股了星箭公司……

这不是吃饱了撑的吗？星箭航天是一帮子脑热青年在创业，在民营火箭成功发射、接到卫星订单之前吃了上顿，还不知道下顿在哪儿。市委主要领导的亲属入股？醒醒吧。

“胡局，你说这不是瞎扯是什么？”张晓曼气愤地质问。

胡夏峰倒笑不出来，他知道事态的严重性，今天市委召集开会估计就是这档子事：“这些网上的谣言，根本不足为信，用当下网络时髦语言来说，好像叫什么‘脑残’。”

张晓曼笑了，说：“胡局，你现在也紧跟网络时代了啊？”胡夏峰摇摇头：“现在的年轻人，不知道都怎么了。”

要命的不是网络谣言，要命的是这些用脚指头想都能想明白的事，居然也有人信。网上的煽动变成网下的聚集，实际上并不是太难的事。从三天前开始，就有一些群众聚集在星箭航天公司门口，带头的是这名大学生的亲属。

星箭航天坐落的地方是滨海市往北的一片高新发展区，这片区域又叫火箭城，是因为民营航天公司扎堆在这个地方。

这三天来，聚集事件愈演愈烈，聚集人群的诉求也越来越离谱，火箭城整个区域被围得交通瘫痪。一开始只是要求星箭航天给个赔偿，到后来竟然演变成要求监察委彻底调查火箭城当年获批国家航天科研试点示范区域的幕后情况。杀死这名大学生的星箭航天高层，一定和地方领导、公安系统有着千丝万缕的联系，一定是的，不然怎么就这么轻易地认定是自杀？火箭城这几年大兴土木，到底是哪个领导的关系在承揽工程？

讨公道、讨说法，要求幕后凶手归案，要求贪官白手套现形……到后来，网络上出来许多带头人员呼吁渴望得知真相的群众走上街头！

事件的结果是，各个部门疲于奔命地应付网上舆情，公安一线的兄弟几天几夜在现场维持秩序，以防事件发生恶变。

又是航天领域，901所的案子还没破呢，这星箭航天又搞出事儿了？胡夏峰直觉是哪里不对劲，可现在又说不上来。

整个会议果然是关于星箭航天事件的。市委领导在会上进行了周密部署，要求彻底查清真相，要求及时对民众公开调查结果。

整个会议上胡夏峰没表态，他隐隐觉得901所的航天密码失窃事件和星箭航天的这次群体事件有着一种不是巧合的联系。

散会后，胡夏峰主动向张晓曼伸出援手，如果查获什么有价值的情报，将及时与张晓曼沟通。张晓曼说，这次聚集事件，经过公安国保的初步调查，极可能有境外背景，回头把境外的背景线索给胡夏峰同步到办公室来。这样来势汹汹的网络煽动，在胡夏峰的从业生涯里还是第一次见到，他不由得好奇起来，这背后到底是什么人在推？目的又是什么？

张晓曼谢过胡夏峰之后，就急急忙忙回局里去了。她要应付的事还很多，算上第一天当事人亲属和星箭航天谈判要赔偿，到今天火箭城里里外外被非法游行队伍围住，这已经是第三天了。在国家重点航天研发领域发生这样的恶性事件，如果不能尽快平息，滨海市委压力山大，公安局领导压力山大！

既然有境外背景插手，那么国安局当然责无旁贷。胡夏峰拨通了钱雨的电话："钱雨，你赶紧的，带几个能干的干警来我办公室。"

钱雨在那头说："就我来，没人了。"

胡夏峰一愣："人呢？"

钱雨道："人都扑在'10·5案件'上了，901所现在正里里外外排查泄密源头。"

胡夏峰问："郭伟杰那个组呢？"

钱雨语气里明显不悦，道："这小屁孩儿去武汉了。"

"武汉？这节骨眼儿上，谁让他到处乱跑的？"胡夏峰没反应过来。

钱雨慢条斯理地说："说是去找吴豫！你都同意了，我还能不同意？"

胡夏峰一摊手："得，还真的是我同意的。叫这小子赶紧给我回来，有重要的事给他办！"

17

西域的落日

吴豫离开云南之前，曾有过一次外出。

魏东山找上吴豫，吴豫问："去哪儿，干吗？"

魏东山说："新疆，乌鲁木齐，见个朋友。"

吴豫问："是什么样的朋友？"

魏东山说："很多年前，这人欠我钱，现在要还。"

吴豫问："怎么还？"

魏东山笑了："怎么还，得问你。"

吴豫有点犹豫，魏东山说："嗨，开玩笑的，兄弟，不犯法！朋友当年和我们在缅甸做石料，有些结算还没有弄好，已经说好了钱他是还不了，用五百万的房产抵，你帮我在乌鲁木齐接过手来，把它卖了。"

吴豫说："那就这么办。"他又补充一句，"我一人去？"

魏东山说："让魏乐乐陪你去吧。"

吴豫说："不用。"

魏东山有意撮合二人，这石头是装不懂，还是真的不懂？于是他骂道：“傻帽儿，那些石料结算的往来账目，你弄得了？”

吴豫想了半天：“好吧，我确实不行，她在也好，省得我算账。”

二人的乌鲁木齐之旅，就此成行。在魏乐乐最美好的记忆中，和吴豫看过一次落日，西域的景致和云南高原全然不同。那一天，魏乐乐提出要看落日，吴豫迟疑了一下，道：“落日有什么好看的，在哪儿都是落日。”

魏乐乐笑道：“吴豫啊，你可真的是块大石头。”

魏乐乐拉起吴豫的手，驱车去了城外，二人不知道跑了多久，具体方向是向北，从乌鲁木齐经昌吉自治州向北而去，会经过一片巨大的戈壁无人区，一条笔直的公路仿佛直伸入远处的云天。

魏乐乐想，这和西部片里的美国那条什么名字的公路很像。

吴豫第一次见到壮阔的大漠景观，视线似乎永远都无法触及戈壁滩的尽头。因为壮阔和宽广，天空很低，白云很低，低得仿佛摇下车窗，伸手就能触碰到大朵大朵的云彩。

新疆的落日过程很长，夏季从晚上8点开始，一直要持续到晚上10点，一望无际的戈壁滩，天地都连接到了一起。落日的时候，夕阳先是变了颜色，将云朵点燃，然后越燃越大，整个天空变成了火烧一样的颜色。火烧云，如同巨大的凤凰一般在天空展翅。

吴豫想，如果这个世界上真的有涅槃的凤凰，想必就是这样的景象吧。

落日慢慢继续，天空的云层因为和太阳的不同距离，变成了不同的颜色，天空呈现出红色、紫色、蓝色、白色杂糅的魔幻感。

二人停下了车，整个天地一片寂静。

听得见云在流动。

霞光万丈，从云层中穿透。

大漠的落日是如此迷人，雄壮、绮丽、魔幻、苍茫，真的是找不出任何一个单一的词汇可以形容。大美不言，大自然的壮观再一次震撼了吴豫和魏乐乐。

巨大的天空、巨大的地面，构成了巨大的视野。

慢慢的落日，慢慢的云朵，慢慢地将人的心也一并暖化。

一小时后，落日进入了最精彩的部分，云层逐渐开始退去，夕阳的光在远处地平线上，以一个柔和的角度散射，大地被霞光笼罩，粉色、蓝色、紫色的云，飘扬在天际，温柔了整个天空。

这个时候，有一种动人心魄的冲击力，直直抵达魏乐乐和吴豫的心头。不知不觉，魏乐乐的眼睛湿润了，她坐在吴豫旁边，风吹动她的秀发，她说：“你知道吗？这是我见过的最美的落日。”

吴豫点点头。

魏乐乐说：“我一直都不知道你是什么样的人，你就像这落日一样令人难以琢磨。”

吴豫说：“为什么一定要琢磨？”

魏乐乐面色很安静，她看着远处的落日，紫霞已远，落日将要完结，她问出了那个她一直以来想问又不敢问的问题：“吴豫，你到底在找什么？”

吴豫沉默了，太阳已经落到了地平线的上沿，天已向晚，晚风正劲。

吴豫说：“有的人，一生只做一件事，你相信吗？”

魏乐乐不懂，她有时候感觉自己根本就没有走进过吴豫的内心，她付出了一切来温暖吴豫，她没有期望过有任何回报。

魏乐乐强笑："我知道你有一天会离开的。"

吴豫呆呆地看着远处，离开？我该去哪里？

魏乐乐拉起吴豫的手，两人的手在地上映出影子。魏乐乐抓起吴豫的手，用自己的手比了一个心的一半，然后示意吴豫也做出半个心的手形。

魏乐乐看着心形的手影笑了。

魏乐乐说："你能不能多陪我几年？"

"几年？"

"对，几年。"

吴豫不说话，他把魏乐乐的手握得很紧，仿佛是最后一次握住她的手。

骤然，天空黑了。

太阳落到了地平线以下。

这一场华丽的落日结束了。

完完整整的一场落日。

只剩下大漠的苍凉与孤寂。

二人很快就清算了魏老板在乌鲁木齐的债权债务，打道回府。返程的时候，吴豫闭上眼，在飞机上睡了过去，他有些疲倦。魏乐乐的疲惫更加不必多说，过去几天，她要处理的事儿比吴豫多得多。整个一个清算的谈判，吴豫更像是魏乐乐的保镖，而机灵敏捷的魏乐乐才是魏老板公司的全权代表。

魏乐乐看了一眼舷窗外的景色，天山山脉延绵，山峰之巅积着厚厚的雪，有的山巅还直入云霄。魏乐乐看了一眼旁边的吴豫，她也很疲惫，可是她舍不得睡啊，她知道这趟西域之旅，多半便是吴豫和她最后的旅行，女人的直觉是一件多么神奇的事情。她舍不得睡，怕她一睁开眼，这趟美好的旅程就余额不足了。

吴豫，你到底在找什么？好好生活下去，不好吗？

对于吴豫来说，这场美好的落日，也成了他少有的美好梦境。

从乌鲁木齐返回云南后不久，吴豫就离开了魏东山。

离开了魏乐乐。

他去了武汉。

武汉的夜晚很热，吴豫再一次从这样美好的梦中惊醒。那一场日落，已经离他很遥远了。电视机里播放的新闻提醒他，此刻已经是2008年的夏天。

此刻他有一丝恍惚，电视里放着三鹿奶粉事件的报道，三聚氰胺突然引爆了国人的全部神经。

吴豫骂了一句“王八蛋”。他也不知道该骂谁，反正心中就是有一股火。

他听见租屋的阳台上洗衣机“轰轰隆隆”的声音，这台洗衣机快见鬼去了吧。

他站起来，裸着上身，出了自己房间，看见了黄萧。黄萧那丰满的线条，在阳台上日光映照下显得如此美好。

他们二人合租房屋，已经有一段时间了。

黄萧在打电话：“上周不是才汇过吗？我上哪儿去给你找这么多钱？”电话那头好像说了什么，她烦躁地把手机远离耳朵，隔了一会儿又接了起来。

电话里吵了很久。

黄萧收了线，这才注意到吴豫。吴豫结实的胸膛有着难以描述的男性魅力。

黄萧拉开洗衣机盖子，扔了几件衣服进去。她一面扔衣服，一面把电话放进自己牛仔裤的裤兜里。黄萧笑起来，头发柔柔地搭在肩头，白T恤和牛仔裤，像刚进校门的大学生。

她的电话是索尼爱立信的一款滑盖手机，这款手机刚刚上市的时候，主打音乐功能，直接干掉了全智贤当年代言的三星某款滑盖手机。索尼爱立信当年和诺基亚斗得难分难解，不过多年后，二者都泯然也，只给年轻人留下了回忆。

吴豫说："我借一下你电话吧。"

黄萧说："我给你买一个吧。"

吴豫摇头："没人打电话找我，我也极少打电话联系别人。"

黄萧问："是给家里人打？"

吴豫沉默了一下，说："还是算了。"

黄萧喃喃道："这都什么年代了，还有人不用手机！"

吴豫不用手机，他和他的过去，没有联系。

黄萧又继续扔衣服。吴豫喊："那是我的衣服。"

黄萧说："臭死了。"

吴豫看了下自己光着的上半身，说："我今天没衣服了。"

黄萧说："那就别出门了。"

她迅速画好口红，说："我晚上要出台，你自己吃啊。"

吴豫问："非得去？"

黄萧说："不去，我那一大家子，谁来养啊？"

吴豫握紧了一下拳头。

黄萧说："对了，老板晓天今天要来。"

吴豫的眼睛一亮，抓起了洗衣机里的衣服，快速穿上了身，衣服依旧湿淋淋的。

黄萧撩起吴豫的衣服，吴豫正要躲闪，黄萧快速地给吴豫胸口留下个唇印：“石头哥，你到底在找什么？”

18 线索

郭伟杰接到处长钱雨电话的时候，正在武汉街头和周佳佳一起吃热干面。

他在向处长钱雨汇报取得同意之后，便和周佳佳搭乘飞机直奔武汉。钱雨随即向武汉国家安全局说明了情况，提出需要帮助。

“什么什么？马上回来？我刚刚才找到一点线索。”

郭伟杰的嘴巴里吃着面条，对着电话很是不满：“这次来武汉的行动可是处长您同意了的，这怎么说变就变呢？再说了，武汉局的兄弟忙活了两天，全都扑在查找张池的工作上了，说停就停，你让我怎么跟人交代？！”

钱雨在电话那头说道：“少啰唆，服从命令，听指挥，这是胡局的意思，叫你今天必须回来。”

郭伟杰吃完最后一口面，说道：“好吧，看航班。”

周佳佳掏出手机查航班信息。

郭伟杰冲她一挤眼，周佳佳随即会意。

周佳佳道："报告，只有傍晚的航班了。"

钱雨在电话那头"呵呵"一笑："郭伟杰，你有几根毛，难道老子不清楚吗？你就算搭乘最晚一班航班，今天也不过剩下十来个小时了，你能翻出什么花儿来？"

郭伟杰有种被看穿的窘态："领导英明！给我十个小时，我把吴豫找到！"

钱雨在电话那头沉默了一会儿，说道："他已经离开十九年了。从他出狱后没有任何消息……"言下之意，就你郭伟杰十来个小时能干什么？

郭伟杰道："处长，这条线索很重要，对不对？你也相信当年吴豫在现场看见了张池，对不对？"

钱雨的语气咄咄逼人："少整这些没用的！我是警察，我只讲证据！"

郭伟杰愣住了，是啊，他哪里来的证据证明吴豫当年说的就是真的？吴豫自己说不定也没法证明。

周佳佳抢着道："可你们是朋友，你一定很想他，对不对？"

钱雨的说辞很硬，可是明显口气软了下来："我没这种朋友！他自己犯了错，还自暴自弃……"

郭伟杰掐了一下周佳佳，钱雨处长可是出了名的铁石心肠，跟他打感情牌，这不是白瞎吗？

周佳佳也读懂了郭伟杰的意思，她的白眼翻得老高，那你行你上啊，说服钱处长让你继续在武汉查啊！

二人默契深，光眼神就能吵起架来。

就在二人不知该如何接话的时候，钱雨说了一句话，简直让郭伟杰不相信自己的耳朵，他说："胡局说了，是今天必须回来，是‘今天’。你安排好时间吧。”

郭伟杰一扔面碗：“是！”

离下午的航班，还有十个小时，郭伟杰到底能不能在武汉找到吴豫的线索？

依照魏东山身上的文身，郭伟杰之前在数据库里找到了两条线索，一条是地下拳手付海，这条线索已经派大钟前去排查过，付海已经过世。现在，还剩一条，有这种类似文身的人，叫晓天。

这个姓可真是少，周佳佳不由得噘嘴。

晓天，晓天，听起来像个“小字辈”，可是，据武汉国安局的兄弟们通报，这人一度可是地方上的一只资本大鳄。

晓天大概崛起于十来年前，也就是2009年、2010年的模样。

那个时候民间金融如雨后春笋般崛起，民间对打破中国金融信贷的“双轨制”呼声极高。

所谓“双轨制”，就是大型、国有企业能在正式金融渠道，也就是银行里成功贷款，而一些小型企业往往达不到银行放贷门槛，只能转而寻求一些非正式的金融渠道。

国家探索了许多实现金融市场多样化、多层次的方法，可是政策到了地方上，往往就有些走样，民间金融像野马一样奔跑起来。多年后的P2P爆雷，引发多米诺骨牌倒掉，整个风险的源头便是在那个时候埋下的中国民间金融急功近利的隐患。

在这场金融变革中，许多高利贷公司借机摇身一变，成了各种金融小贷公司、贷款服务公司等，晓天也借机把自己的高利贷涉黑团队进行了一番洗白，变成金融服务行业的一员。

晓天在进行了几轮折腾之后，赚取到了钱财，又转投房地产领域，迅速成为金融资本领域和地产领域的大鳄。

三十年河东，三十年河西，这命啊，谁知道呢。

郭伟杰的眉毛皱起来："那这晓天在发迹前，都干什么呢？"

武汉局的兄弟告诉他："晓天年轻的时候，跟着他师父去过西南各地，做些工程绿植项目。"

"他师父？"

"他师父叫严松鹤，是个手绘艺人，有个外号叫'九纹龙'。"

郭伟杰笑了，这叫什么外号，这不是抄袭人家《水浒传》嘛，难道他师父身上文了九条龙？

武汉局的同志又说："他师父的这个外号，可不是说他身上文了九条龙，而是说他师父极其擅长文身。据说早年还拿过日本、北欧等地的文身大奖。"

郭伟杰道："这可就算是文身大师了。"

郭伟杰的脑子灵光一闪，想起几天前魏东山对他说："有个从武汉来的兄弟，说是见着了当年给我做文身的大佬的徒弟。"

几天前胡夏峰对郭伟杰说过："在日本的刺青爱好者，有些是出自对刺青名师的崇拜，希望能在身上留下刺青师傅的作品。"

郭伟杰心中寻思，这位业界的文身大佬，想必便是国际级的文身大师"九纹龙"严松鹤了。

武汉局的同志接着道："这晓天，便是严松鹤的徒弟。"

周佳佳和郭伟杰对望一眼：吴豫要找的，是不是就是晓天？

只剩十来个小时了，得抓紧找到晓天。郭伟杰赶紧问武汉局的兄弟："那现在到哪里能找到他？"

武汉局的同事答："2018年以后金融网贷陆续爆雷，晓天已经被经侦大队以非法吸收公众存款罪羁押。"

郭伟杰一拍大腿："嗨，"非吸罪'？这下好了，准能找到他，这可真是符合时代特征。"

19

社团

吴豫是通过黄萧介绍，认识晓天的。

晓天需要一个司机。对于这种人来说，司机也就是兼职保镖、打手。

黄萧在电话里给晓天说了，她有一个表弟，现正在酒吧里当侍应，人不错，身手好，又踏实，关键是话不多，嘴严实。晓天在电话那头不置可否，说："等着吧，先见见再说。"

那晚黄萧带着吴豫在场子里转，本来今天吴豫不当班，可是他听黄萧说晓天要到场，所以就来了。

今天当班的同事是女酒保金小花，这个小姑娘长得挺乖巧，人也善良，她对吴豫还不错，有时候夜班晚了，会悄悄给吴豫准备些饭菜。

吴豫看着金小花，想起了自己的妹妹吴芳，吴芳已经长大了。他曾经尝试过几次去见吴芳，可是吴芳这些年并没有原谅他，吴芳一直觉得是他气死了父亲。

他永远忘不了吴芳的表情，吴芳歇斯底里地喊：“你走！爸爸说过，就当没你这个人！他死了也不要你来坟前磕头！”

这一切，他只能选择默默承受。

金小花也讨巧，见着吴豫就叫“哥”，吴豫也不推脱，就当多个妹子。

吴豫想，什么时候吴芳能再次叫自己一声“哥”啊。

灯红酒绿间，吴豫忽然看见邻桌一个长相猥琐的男人正把手往金小花的胸口上摸。

金小花大叫：“你干什么呀？”

吴豫注意到，一个光头男人坐在远处雅座里默默地关注情况。

那个猥琐男人干脆一把将金小花拉到了怀里。

吴豫上前一个擒拿把男人按在了桌子上，黄萧瞪大了眼睛——这小子身手这么好。

那猥琐男人大喊：“疼疼疼，哥，哥，轻点。”

男人认㞞，用另一只手狂拍桌子。

吴豫询问金小花：“你没事吧？”

金小花摇摇头，猥琐男人趁两人说话，悄悄抄起桌上的啤酒瓶。

金小花惊呼：“小心。”

吴豫躲过啤酒瓶，轻描淡写地一个过肩摔，把男人摔到了地上。

大厅里顿时一阵骚乱。

领班夏海闻声而来，把男人扶了起来。

夏海问：“先生，发生什么事了？”

吴豫说：“我刚刚看见他摸小花。”

夏海呵斥：“别插嘴，让客人说！”

男人整理好衣服，立马换成一副大爷的嘴脸：“你是领班，是吧？刚刚这女的端酒给我，一直往我身上蹭，我想着男女授受不亲，就把她推开了，这小子倒好，过来就把我压到桌上，有这么对待客人的吗？”

金小花很气愤：“骗人！明明是你摸我……胸口。”

夏海板起了脸，让金小花给人道歉。

猥琐男子鼻子里一声哼：“哪儿有那么简单的事情。”

夏海鞠躬：“先生，真对不起！您看，您想怎么解决？”

猥琐男人指着吴豫：“他，跪下给我道歉，不然这事儿没完。”

猥琐男人跷起二郎腿，等着吴豫的反应。

吴豫一股无名火起，他见着金小花受欺负，内心那种正义感像潮水一样涌动。

吴豫撸起袖子，准备打他。

猥琐男人一副不要脸的表情：“你干什么？你不要乱来啊！我告诉你，我舅舅可是这儿的老板，你信不信我立马叫他把你们仨都开了？”

男人边说边拽着夏海往自己前面挡。

吴豫伸手轻轻一分，就把夏海揽到了自己背后，也不知道他用了什么手法，就已经抓起了猥琐男人的衣领。他高高举起了拳头，这一拳下去，这王八蛋准被打得满地找牙。

蓦地，一个沙哑的声音从后面传出：“住手！”

他声音不大，却很有气势。

吴豫放开手，转头看见刚刚在远处雅座观察猥琐男人的那个光头走了过来。

夏海低下头说：“老板。”

这枯瘦的光头男便是老板晓天，吴豫迅速扫了他一眼，他的脖子上、手上全是文身，只是有的文身被衣服遮住了，看不清图形。

但有一点能确认，他身上的文身，手艺精湛，绝对是大师级作品。

晓天盘着手里的木珠串，说：“我怎么不知道，我还有个外甥啊？”

晓天上前两步，搭上猥琐男人的肩膀，那个猥琐男子吓得直哆嗦：“晓……晓天哥好。”

此时的晓天纠集一帮兄弟，做着高利贷的买卖，他的兄弟个个刺满了凶猛的文身，远近一带没人敢惹。他面容平静，浑身上下却散发着戾气，他脖子上的文身一角，像是大蛇，又像是猛兽。

光这一角的图案，吴豫已经判断出了，不是“赤影夜叉”。而且从掌握的张池的体貌来看，这人也不是张池。

晓天说：“帮我点根烟。”

猥琐男人颤抖着手，给晓天点了烟。

晓天又问：“你，说说刚刚怎么了？”

晓天指指金小花。

金小花看了看吴豫，吴豫点了点头。金小花大声说：“他刚刚骚扰我。”

当着社会大佬晓天的面，猥琐男这回可吓蒙了：“你可别乱说，谁看见了？”

吴豫一字一句道：“有监控。”

猥琐男子哭丧着险，说：“晓天哥，我、我……”他直吓得额头冒出冷汗，酒劲也醒了大半。在晓天的场子里撒泼，可不是闹着玩儿的。

晓天吐出一口烟之后，一巴掌扇到男人脸上，恶狠狠道："在我地盘上闹事，你是嫌自己活得长吗？"

猥琐男子被一巴掌扇在地上，整个人都蒙了。

晓天回头对吴豫说："你，把他收拾了。"

吴豫上去就是一顿拳脚招呼，随后和晓天的手下一起把男人扔出了酒吧。

晓天招手，让黄萧过来，说："他是你表弟？"

黄萧说："是啊，天哥哥！"

晓天"哼哼"一笑："我再给你个机会，别骗我！"

黄萧说："我哪儿敢骗您啊？"

晓天说："这么好的身手，端酒可惜了……他要跟着我，也可以。"

黄萧喜道："谢谢晓天哥！"

晓天笑了："我有一个条件。"

像黄萧这样的女人，基本上能看懂所有男人。

黄萧道："没问题！今晚我陪你。"

20

婚礼的祝福

2009年的时候，胡夏峰和王北俪结了婚。

婚礼现场，胡夏峰别出心裁，向王北俪发射了一支“定情之箭”。胡夏峰由于太紧张，把弓给拉脱了弦，他第二次把弦换好，才完成了这一项婚礼仪式。

当道具弓箭飞向一身红裙的王北俪的时候，全场一阵欢呼。

婚宴当晚，钱雨喝得大醉，他在向胡夏峰敬酒的时候，说：“这一杯，我替吴豫敬你。”

气氛突然尴尬起来。

当年的抓捕行动，胡夏峰对讲设备失联的一瞬间，吴豫酿下大错，钱雨心中一直有个疙瘩。

钱雨知道，吴豫是喜欢王北俪的。

这些年，钱雨和胡夏峰一直在较劲，钱雨自己也说不清为什么，有时候他问自己，是不是在为吴豫鸣不平？可笑，我和吴豫有什么关系，我们连朋友都不是！

胡夏峰说："钱雨，你醉了。"

王北俪抢过了酒杯，一饮而尽："过去的就都让它过去吧，希望吴豫也能有新的生活。"

"新娘子好酒量！"大家起哄。

钱雨接连再饮，他终于醉倒在桌上。他和吴豫共事时，虽然说话不多，可是谁说两个男人之间的惺惺相惜，就一定得靠语言！

吴豫也能有新的生活？吴豫新的生活是什么？

此刻的吴豫正在跟着晓天混社团，收账、经营酒吧、当司机、做保镖，当然，也免不了揍人。

吴豫的新生活快乐吗？

胡夏峰和王北俪结婚那晚，远在武汉的吴豫一直喝到半夜。吴豫歪歪斜斜地和黄萧醉醺醺地从香水湾出来，半天也没打上车。两人醉醺醺地往出租屋走。走到一个转角处，几个人突然拿着钢棍冒出来，吴豫一眼就认出来为首的眼镜男，正是几天前晓天教训过的一个道上对手。

几个人一起围上来，吴豫一把推开黄萧，硬生生地用手挡住了攻击的钢棍。吴豫夺过一根钢棍在手，打手一时没法近身。一个打手从背后抱住吴豫，眼镜男朝着吴豫头颈就是一棍，吴豫痛极，拼命挣脱了束缚，抓住快落到头上的钢棍，一脚踢在眼镜男肚子上，其他人接住倒退的眼镜男。

吴豫趁机拉着黄萧狂奔。

跑了很久，两人躲进老居民楼的隔间。

吴豫和黄萧大口喘着气。

吴豫只觉眼前越来越黑，"扑通"一声，栽倒在地。

黄萧紧张得大哭："你可别死啊，吴石头！"

吴石头，这个称呼仿佛离吴豫很远了，他记得王北俪当年也是这么叫他，他每一次听见王北俪这样叫他，都会很心动。

他在昏倒的前一秒，看见黄萧的脸，模糊着又变成了王北俪，那个警校里最爱笑的女生。

也不知道昏睡了多久，吴豫一直在做梦。他隐隐感觉到有一只温柔的手，在为他擦汗。这种温柔和温情，真的是从来没有过。

他的梦境也渐渐变化。

仿佛心有感应，他梦见了王北俪和胡夏峰最终走入了婚姻的殿堂。他一个人坐在酒吧外又冷又湿的地上，酒吧里放着动力火车的歌——《天真的双眼》，好像这些年动力火车已经没有唱歌了，听动力火车的年代已经过时了，只有一些小众的酒吧和一些小众的歌手仍然是他们的粉丝。

这些都属于岁月。

《天真的双眼》，1999年的歌。

快十年了，十年时光真是快啊！

梦中的他，又飞身去到了滨海，去到了胡夏峰和王北俪二人婚礼的现场。

二位新人相互辉映，相得益彰，彼此相衬，彼此生辉。王北俪一身红裙礼服，映得她面容娇艳，她脸上洋溢着幸福的笑容，娉娉婷婷，清清瘦瘦，如春风，如暖月，她的笑很甜很甜，依然和当年毕业时那般动人，让人可以忘掉所有烦恼。她挽着胡夏峰，走向众多宾客，二人偶尔相视时目中的眷恋、深情，都是那么自然而然。

胡夏峰一身笔挺的西服，他志得意满，意气风发，他收获了所有人羡慕的目光，他不光是这条战线上的英雄，还是部门里的未来之星，现在他还收获了最美丽的女神，他可真是人生赢家！这如何不让人羡慕？

吴豫的影子越缩越小，胡夏峰就像一座高山，他光辉、伟岸，相比之下，吴豫犯过错、革了职、蹲过牢、混社团，简直卑微到了极点。

王北俪今天可真美啊！吴豫想，我从来没有见过如此美丽的她，也只有胡夏峰能配得上她。

1999年的时候，陈奕迅出了一张专辑，叫《婚礼的祝福》。他在专辑的发行语上说了一些话：

> 我感觉到风，感觉到辽阔景物包围着我。音乐的险峰攀越不尽，来时的路模糊绵长。远处传来教堂举办婚礼的音乐，幸福就是这么容易传染。在间断的钟声里，我的眼眶忽然温暖了起来。
>
> ——陈奕迅·长路上的祝福

《婚礼的祝福》这首歌，在2009年前后突然火了起来，吴豫第一次听到这首歌，是黄萧唱的。黄萧在酒吧的小舞台上唱过许多陈奕迅的歌，其中就有这一首。

当时，吴豫就在想，如果有一天王北俪结婚，会不会邀请我？会不会给发我一张婚礼的请帖？

歌词里面的那种撕心裂肺的伤感，此刻再一次涌上了吴豫的心头。

他微笑着。

他流着泪。

再叫我一次吴石头，好吗?

他终于心痛得连梦都舍不得停留，梦中的画面开始快速变化，梦中的他终于摆脱了婚礼现场的伤感，他再次热血上涌，奔赴在抓捕嫌疑人的现场，这一刻他像负伤奔袭的野兽一样，用尽全力，扑住了猎物——窃取14院机密的黑衣男子郑晋。

吴豫被郑晋抱住大腿，他一脚踢在郑晋的肩上。

“警察打人了！”

“快看，警察打人了！”

群众越聚越拢，他们纷纷伸出手指斥责：“是你把人踢死了，是你把人踢死了。”吴豫感觉自己越变越小，群众的身影和声音越来越大……

他的一生，就这样改变了！这样翻天覆地改变了。

吴豫猛地翻身，从梦中惊醒。

他看着身旁的黄萧，黄萧趴在他旁边睡着了。

楼下警车驶过，熟悉的警笛声唤醒吴豫的耳朵。

黄萧梦中哼哼唧唧的，好像是在叫吴豫的名字。

远在千里之外的吴豫，仿佛能感应到这一夜胡夏峰和王北俪的新婚之喜。

他戴上固定绷带，走到窗边抽烟，凝视钱包里自己和胡夏峰、钱雨、王北俪的合照，脑海中响起的是黄萧的歌声。

往事一幕一幕一幕
突然静止
你挽着他
他挽着你

向我走过来
同桌的人蜂拥而上
将你我隔开
我干杯
你随意
这是个残酷的喜剧
我的人生早留在你那里
我却还要故作潇洒地
你和他
我和你这是个讽刺的交集
是你太残忍
还是我太天真
你要我来
就真的出席
我的请帖是你的喜帖
你要的一切
如今都变成我的心碎
你总是太清醒
我始终喝不醉
连祝福你还逼我给
你的喜帖是我的请帖
你邀我举杯
我只能回敬我的崩溃
……

21

浮世绘

郭伟杰和周佳佳见到晓天的时候，晓天已经在看守所了。这些年连续爆雷的各种非法集资、融资，造成了极大的社会不稳定。监管层出重拳处理这类案件，晓天这样的人物自然成了典型。

郭伟杰见着他的时候，他穿着灰蓝色的看守所服饰，依然是光头，但是身上的戾气已经消除。整个人瘦瘦巴巴，但通过眼神，依然看得出他是个灵活、聪明的人。

若是不聪明，也不会在这些年的借贷浪潮中获得一定地位。

眼前的聪明人一眼就看出了郭伟杰和周佳佳的不同，他们俩和前几天审讯他的经侦大队的公安民警有所区别。

晓天先开口："我这不是犯什么更大的事儿了吧？"

"天总，放心，法治的精神就是做了放不掉，没做冤不了。"

晓天一乐，从进看守所以来，就很久没人叫过自己"天总"了。他年轻时跟随师父严松鹤到处跑项目，一直都是"小"字辈；后来另立门户来了武汉混社会，自己好不容易做了老板，别人都叫他“晓天哥”；再后来发迹了，成了大富豪，他非不让人叫自己“晓总”，要么叫“天总”，要么叫“天哥”。这些江湖人，往往有一种迷信，非要认为自己“天命有常”，一切都是“命定”，绰号换成“天”字辈的，就感觉要高人一等，感觉离天更近。

郭伟杰见他之前，早就做过一系列心理刻画，对这人的心态摸得一清二楚，特别是经历了几轮经侦大队的讯问后，他的心理落差很大，只要郭伟杰示以友善，就能争取他的配合。

果不其然，晓天竖起两根手指，道：“烟！”

周佳佳一翻白眼，郭伟杰笑笑，便扔了根烟过去。

郭伟杰道：“先别忙着抽，我有几个问题。”

晓天道：“废话，你来这儿不是问问题，难道是来找老子签名留影的吗？”

“天总，这过去的几年里，可够风光啊。”

“一般一般。”

郭伟杰接着神侃：“人家都说武汉地面的事，您说了一半算数。”

晓天连连摆手，但脸上颇有得意的神色，他道：“这可不能乱说，这都是上面有‘大哥’关照。”

“糖”喂完了，郭伟杰开始使“棒子”，说道：“你这几天倒是没少交代你上面的‘大哥’，不知道你出去之后他们还关不关照你？”

晓天被关进来之后，除了交代自己的经济犯罪外，还接连爆出他经营房地产过程中贿赂某些政府官员、违规开发的事。

晓天脸上的肌肉一颤：“你什么意思？”

使完“棒子”，郭伟杰开始给他“松脖子”，只听郭伟杰悠悠道：“别急，我不是监察委的，贪污受贿那是另案，我现在不关心你‘大哥’的情况，我关心你‘兄弟’的事。”

晓天松了口气，道：“问吧，是哪个小王八蛋把二位爷惹上了？”

郭伟杰的身子前倾，看着他，说出两个字：“吴豫。”

说完这两个字，郭伟杰盯着看晓天的微表情。

晓天一展眉毛：“嗨，我还以为二位找谁呢，就是那石头疙瘩，对吧？”

郭伟杰笑了：“说说吧，都了解他什么？”

郭伟杰给他把烟点上，二人的关系就拉近了，话匣子也打开了。

晓天道：“吴豫这小子，我挺喜欢他的。人踏实，嘴又严。他跟了我几年。”

“跟着你干什么？”

“做买卖啊，还能做什么？酒吧、收账，后来我们开始做工地项目了，他又跟着我跑建筑。”

郭伟杰试探着道：“他有什么违法违纪的事吗？”

晓天用力吸了口烟，道：“这小子啊，算是我手底下最规矩的啦，你说你们是来找他，我一点儿也不紧张，他那一石头疙瘩能犯什么事儿？不过他也没跟我多久，后来就单飞了。”

郭伟杰道：“单飞？”

晓天道：“是啊，也不知道怎么想的，我事业刚刚有了起色，他就离开了。”

郭伟杰问：“大概是什么时候？”

晓天答："2011年、2012年左右吧，听人说他在武汉又待了一年半载，大概2013年快2014年的时候，才离开武汉。"

郭伟杰道："你知道他离开你之后去干什么了吗？"

晓天挠着头，他头上寸草不生，被他的指甲抓出几道痕，道："我也不太懂，在我这儿他好好的薪水不拿，跑去送快递！不知道搞什么！"

郭伟杰和周佳佳对望一眼，这吴豫在搞什么？

郭伟杰拿出一个文身图案，问："你见过这个吗？"

晓天眼睛一亮："这是'赤影夜叉'嘛！"

郭伟杰继续问："你知道这是什么含义？"

晓天眯起眼睛："赤影夜叉，是日本一位设计师的设计作品，是浮世绘的作品。在日本国的妖怪传说里，夜叉本来是海上之妖，赤影夜叉却是云端妖怪。这种独特的文身作品，最是考验文身师傅的手艺，你看你看，这线条，这神态，啧啧。"

郭伟杰道："天总，您对刺青颇为了解啊。"

晓天得意道："你有所不知，年轻的时候，我也是文身的狂热爱好者，我过去师从严松鹤！"

郭伟杰淡淡道："就是手绘艺人严松鹤？"

晓天截口纠正道："不是艺人，他是大师。"

郭伟杰道："哦？"

"但凡在文身的文化圈子里能称作大师的，一定都有自己的刺画风格，运笔、着色等手法，都有创作者自己的'手迹'。这和画家作画、书法家写字是一个道理，越是技艺精湛的文身匠人，他的风格越明显，他的手艺越能被人辨别。我师父严松鹤的手艺独树一帜，早在几十年前就在日本拿过奖。"

郭伟杰道：“据我所知，严松鹤很多年前就不做文身了。”

晓天道：“没办法，文身不挣钱！除了真正的发烧友追求高品质的大师技艺，会把刺青当作艺术之外，你看外面的小年轻随便在街面上乱刺一个，就冒充黑社会！我师父当年决意洗手不做，便去了云南一门心思做绿植设计。现在云南有很多景区里的中式禅意设计，都是出自我师父之手。”

郭伟杰心念一动，这严松鹤想必是在云南遇上了魏东山，严松鹤一时技痒，便又将这赤影文身刺在了魏东山身上。

郭伟杰道：“这‘赤影夜叉’，文的人多吗？”

晓天道：“不多。”

郭伟杰道：“为什么？”

晓天道：“你看看，这图案如此复杂，设计者本来就是想做成很独特的刺青……怎么说呢？这种设计，本身就要求很高层次的手艺来表达、呈现，如果手艺稍差，这款设计就会‘画虎不成反类犬’，非常难看。你看这图案里的神情、神气，根本就是为我师父一派量身定做，只有我师父这样级数的手艺，才可能完全展示这图案的魅力。”

郭伟杰大概听懂了，这款“赤影夜叉”的设计者，也是极其高明的刺青艺术家，设计者对刺青的呈现，本身就要求刺绘匠人具有高超的手艺。

郭伟杰道：“那你能不能看出我手上拿的这个图案……”

不待郭伟杰说完，晓天道：“废话，这运笔、着色堪称一流，外行人不知道，但我瞎了眼也能认得，这只能是我师父严松鹤的手笔！”

“那……你师父现在人呢？”

晓天道："死了，死在了日本。"

郭伟杰心中一动，怪不得吴豫找遍了云南也找不到。

"你知道你师父一共刺过多少个这样的图案吗？我是指……这个'赤影夜叉'。"郭伟杰沉声问道。

晓天想了半天，说道："不多，不出十个吧。"

"哦？"

"因为这个设计本来就很复杂，每刺一次，都会大耗精神。我师父常说，每一次刺绘好的设计作品，就像是高手剑客遇到了匹敌相当的对手，既兴奋又紧张，免不了全神贯注、大汗淋漓一场。"

郭伟杰长叹一口气，道："艺术形式本无高下，严松鹤老师真的是匠心独具。"

晓天道："我师父死了之后，我从云南回到武汉，我也试图将刺青手艺传承下去。"

"所以，你开过一家文身店？"

郭伟杰的脑子里翻动着资料，就是吴豫找上的那家店。

"对，是的。"

"后来怎么关了？"

"没生意啊，刚刚我说过了，现在的人都没有把刺青当文化或者是艺术啊。"晓天笑道。

郭伟杰道："那么，吴豫问过你文身店的事情吗？"

晓天道："问了。"

"怎么问的？"

"他要找一个很酷的文身……就是你手上这个，不过他自己手画在纸上，不仔细看，还看不出来就是'赤影夜叉'。"

“他怎么说？”

“他说他之前有个马子把他甩了，还卷了他的钱，想要找到她唯一的线索就是他马子身上有个这样的文身。”

郭伟杰和周佳佳瞪大了眼睛，二人随即会意，吴豫这样的说辞自然是掩护他真实意图的借口。

晓天接着道：“这可真的是白痴啊，换了别人我是不信，不过这吴豫石头疙瘩一块，呆呆傻傻的，连手机都不会用，这事儿多半也就只能在他身上发生！”

郭伟杰闭上眼睛，他内心确认这位吴豫师兄才是大智若愚、大象无形！

郭伟杰道：“那你怎么给他说的呢？”

晓天道：“那会儿他已经跟了我很久，我觉得这小子人挺不错的，平日工作又卖力，我便有心帮他。”

“怎么帮的？”

晓天道：“我师父到底给哪些人文过这样的文身，我是不知道。就算知道，我师父死了这么久，我也记不得了……”他顿了一顿，说道，“可是这远近几座城市，哪些是追随我师父的粉丝，哪些是高端的刺青发烧友，我在这个圈子里是知道的啊！”

郭伟杰沉默了一会儿，问：“那你知道吴豫后来去哪儿了吗？”

“最大的可能是重庆。”

“为什么？”

晓天道：“我给他说过的一些高端刺青发烧友的居住范围，有的是在武汉，有的是在重庆，在重庆的那一票人开了一个地下拳庄，也就是带黑色的社团。前几年重庆扫黑除恶，不知道这个团体给扫灭了没，若是扫灭了，吴豫多半也找不着他马子了。”

郭伟杰的脑中一闪，第一个被排除的线索——脖子上有相同文身的付海，就是地下拳师。

郭伟杰的小本上分别写着“雷霆专案”和“10·5专案”两行字他在“雷霆专案”旁边写了一行字：“2014年，离武汉，去重庆。”

郭伟杰和周佳佳从看守所出来的时候，时间还早，郭伟杰看了看表，离航班起飞还有一些时间，他和周佳佳便去汉口江滩走走。

郭伟杰一直闷着不说话，周佳佳默默陪着他，她知道他要是不说话，肯定心里在想特别重要的事儿。周佳佳和郭伟杰搭档了这么久，也颇有默契。江滩的风吹起周佳佳的头发，她伸手轻轻揽起，取出个橡皮筋，在头上绾了个发髻。郭伟杰说过，她这个发型不错，挺适合她的，头上高高顶着个小嘴嘴，正宗吃货。

她想，自己这样打扮，会不会让郭伟杰的心情放松一些？

恋爱是什么状态，大家都知道，就是看见恋人会心动，会总是想打扮成他或她喜欢的模样，希望借此把他或她的烦恼都赶走。

郭伟杰沿着江滩走，抬头看见远处的黄鹤楼。这汉口江滩和黄鹤楼景区正遥遥相望。关于黄鹤楼的传说，郭伟杰倒是听过很多，相传有一位仙人在酒楼中乘鹤飞上天空，后来百姓就建了这座黄鹤楼，一为纪念，一为崇敬。可见这黄鹤楼一出世，就注定要受万众仰慕，大放异彩，睥睨众生。

黄鹤楼华贵之余又不乏灵气，檐角飞翘，南雁徘徊，遥想当年，无数诗人在此留下诗篇，见证恢宏历史。在历史和古建筑面前，人是何其渺小，人的一生又是何其短暂。

郭伟杰内心一阵难以名状的感触，他似乎感觉到就要找到吴豫了。他和吴豫仿佛隔着十九年的时光在赛跑。十九年，弹指一挥间。

郭伟杰预感自己就要找到吴豫了，离破案也更近了一步。他心想，吴豫想必已经不再年轻，想必已经有了银丝白发，若是相见，他年轻时是不是真的和我颜貌很像？若是相见，一定要问清楚，这么多年，他真的一直在追查张池？

远处传来了钟声，这钟声未必是佛家抑或道观场所的声响，只是现在郭伟杰听来，真的如醍醐灌顶。他恍惚间明白了吴豫的一切，仿佛他的灵魂和吴豫隔着时空，实现了重叠。

这远远的钟声，就像是郭伟杰曾经在某一次中文选修课上看到的一句话，这句话源自地藏菩萨。地藏菩萨说，地狱不空，誓不成佛。

敌人还在呢，一天没落入法网，吴豫一天都不会成佛。

郭伟杰惊觉眼角有些湿润，他强自遮掩，不想让周佳佳看见。

周佳佳识趣地岔开话题，问："为什么吴豫师兄要去送快递？"

谁知她这句问话，却深深地震动了郭伟杰的内心。

郭伟杰颤声道："因为只有这样，才能'入户'，才能挨个儿地去找他要找的人！"

周佳佳瞪大了眼："这样的笨办法、土办法，岂非需要莫大的毅力，需要莫大的隐忍？"

郭伟杰看着周佳佳，眼中满是崇敬，他目光灼灼，一字一句道："地狱不空，誓不成佛。"

22

我养你啊

2013年，武汉的晴川街道，太阳很大，天气炎热。

吴豫穿件背心骑着××快递的电瓶车驶入偏街，他左手还拎着外卖盒。不光是送快递，顺便还送外卖，一份工，两份赚嘛。

偏街车况有些混乱。

吴豫一个急刹，避开了对面的汽车。

汽车不满地朝他按按喇叭，他点头表示歉意。

在偏街尽头的一处居民楼里，吴豫拾级而上。

吴豫敲开门，把外卖盒和快递递过去，说："一共十六。"

门内男人接过外卖查看。

男人说："怎么这么慢呀？"

吴豫憨憨地笑，说："路上堵车。"

男人挑剔地拿出外卖盒子，拿给吴豫看："别找借口了，你骑电瓶会堵车吗？饭菜都成一坨了，怎么吃呀？好好地送快递就快递嘛，还非要送外卖，不专业啊你们！"

吴豫伸着脑袋看，和对方攀谈起来，说："哥，要真专业了，该怎么做啊？"

那男人说："现在啊，越来越多的人不愿意自己做饭，也不愿意外出吃饭，我看啊，以后送外卖要成为一大产业，首先可以多征募骑车人，因为骑车比开车方便，成本也低；其次啊，最好要统一服装，黄色的就比较醒目，黄袍加身嘛，蓝色的也行……名字还要起一个比较好听的。"

吴豫也没心思听他扯，视线游移到他的脖子上，干干净净。

吴豫转身走后，听见男子还在兀自念叨："送外卖要搞成大产业啊，以后还要和网络相结合，随时随地都可以下单送餐，啧啧！这是商机啊，兄弟你刺激了我的创业灵感，要不要一起创业啊？"

吴豫心想，这人真够神经质。

吴豫不知道的是，后来这个男子真的投身了外卖行业，还做出一个家喻户晓的App，满足了许多宅男宅女的吃饭需求。此为后话，按下不表。

几天后，又是一处居民楼。吴豫走出来，丧气地把被人拒收的快餐丢进保温箱，他随手划掉了笔记本上的一个地址。

吴豫接着往前走，他笔记本上的地址还很多。

在另一处居民楼前，吴豫递过包裹。

门内是个女人，哄着怀里哭闹的孩子。

女人说："你能去小区门口帮我把牛奶取了吗？"

吴豫一脸错愕："我？"

女人说："我实在腾不开手。哎哟，小祖宗，你别哭了。"

孩子依旧哭闹个不停。

吴豫认输："好好好……你等等。"

一处麻将馆内，晚上。

吴豫继续送着快递和外卖。

吴豫喊："一共四十八。"

吴豫偷偷观察柜台找钱的男人。

麻将馆老板脖子上有文身！他穿的衬衣把文身遮了一大部分，吴豫只得放大动作。

麻将馆老板不悦，说："你干吗呢，鬼鬼祟祟的？"

吴豫一脸憨厚，说："哦，没有，我看见你脖子上的文身挺好看的。"

吴豫指指麻将馆老板的脖子。

麻将馆老板听了奉承，喜形于色。

麻将馆老板说："想看直说呗。"

麻将馆老板立马扯开领子扭头给吴豫看，吴豫凑了上去。

麻将馆老板说："我上个月才文的，花了我好几千呢。"

看见文身全貌的吴豫很是失望，和自己熟悉的图案差得太远，笔法功力更是一眼就辨别出了高下。

吴豫赔着笑，说："是……是挺好看的，谢谢您啊。"

吴豫接过钱就走了。

这一天，吴豫累了，正蹲在快餐店的门口吃饭，对街的时装店在播放着陈奕迅的《稳稳的幸福》，这首歌于2013年1月正式发行。

老板娘过来就把一堆被拒收的快餐扔到旁边。

老板娘骂骂咧咧："餐又没送完，还有人投诉，这些都得从你的工钱里面扣啊。"

吴豫神色尴尬，像个受了委屈的小孩，他实在已经没有多少工钱可以扣了。

蓦地，一个熟悉的声音响起。

“多少钱？我给！”

吴豫抬起头，看见了漂亮的黄萧。

黄萧递上钱，示意老板娘离开。

黄萧穿着白T恤衫和牛仔裤，和在夜场里浓妆艳抹、性感媚的装扮全然不同，她身上有着淡淡的洗衣粉香味。她大咧咧地也盘腿坐在地上，坐在吴豫旁边。

黄萧说：“好久不见啊！”

吴豫说：“是啊，别坐地上，弄脏你衣服了。”

黄萧说：“那你请我进去吃饭吧。”

吴豫低下头，说：“我没那么多钱。”

黄萧说：“那我请你吧。”

这是黄萧最后一次见着吴豫，吴豫就快要找完所有武汉的线索了。吴豫记得黄萧当时点了最爱的鸡杂米线。他就搞不懂，这个不爱吃面食的人，是怎么在武汉这样盛产热干面的城市生活的？

黄萧说：“找你可真不容易。”

吴豫说：“关键是没什么人找我。”

黄萧笑，说：“你怎么知道没人找你？”

吴豫一脸木然。

黄萧说：“我不是人吗？”

吴豫低头，说：“是。”

黄萧沉默了一阵，说：“我要走了。”

吴豫放下筷子，原来黄萧找他是来告辞的。

吴豫问：“去哪儿？”

黄萧说：“回老家，我妈把我许给了村里的一个光棍。”

吴豫张大了嘴巴，说：“不至于吧？”

黄萧说：“你觉得呢？”

吴豫笑着说：“我也是光棍啊。”

黄萧把米线吃完了，大口大口地喝了几口汤。吴豫偷偷看了她一眼，她的眼睛真好看，双双的眼皮，笑起来像弯弯的月亮。

黄萧说：“他有钱，那家人给的彩礼钱能让我弟弟娶个媳妇。”

吴豫这才意识到事情的严重性，收起笑容。

吴豫感觉吃饭有点哽，隔了好久，才问出一句话来，他问：“非要走？”

黄萧亲亲吴豫的脸颊。

黄萧说：“不走，我那一大家子，谁来养啊？”

吴豫低头吃饭，不说话。

很多年以后，黄萧看了一部电影，这是一部香港的喜剧片，周星驰和张柏芝主演，女主角叫柳飘飘，男主角叫尹天仇。

但这已经不是黄萧第一次看这部电影了。

在影片快结束的时候，男主角尹天仇喊：“喂，能不能别走啊？”

柳飘飘冲着男主角尹天仇大声喊：“不走，你养我啊？”

尹天仇想了半天，又追了上去，喊：“我养你啊。”

在黄萧认识吴豫之前，她看着这样的情节，只是“哈哈哈哈”地大笑，她笑得前仰后合，笑得花枝乱颤。

认识吴豫之后，黄萧再次看这段情节时，她也笑了，笑得眼泪直冒，笑得红尘颠倒，笑得人间冷暖变幻。

这世界上，怎么有吴豫这么傻的人？

不走，我那一大家子，谁来养啊？

这句话，明明是一句给吴豫量身定做的表白台词。

这句话黄萧一生问过吴豫两次，她多希望吴豫能够回答她，我来养！

电影和现实，还是有莫大区别的。

最后，黄萧走了，留给吴豫一千五百块钱，吴豫说什么都不要。黄萧说是当时合租房屋吴豫垫付的钱。

吴豫不要。黄萧放在桌上，便走了。

她不敢看吴豫，她怕一看就会崩溃。

吴豫继续端起饭盒吃饭，街角还在放着《稳稳的幸福》。

我要稳稳的幸福
能抵挡末日的残酷
在不安的深夜能有个归宿
……

吴豫吃着吃着被呛得咳嗽起来。他端起黄萧没有喝完的汤，大口地喝，汤很烫。他非但没有缓解咳嗽，反而咳嗽得更厉害。

黄萧刚刚是怎么把这么烫的汤喝下去的？吴豫的嘴唇碰到了碗沿，碗沿上是黄萧刚刚留下的唇膏印。

淡淡的色号，很适合白天的她。

吴豫的咳嗽根本止不住。

他也不知道为什么，咳着咳着眼泪就掉了下来。

23

西海岸

星箭航天的案件很快就有了进展。

滨海公安局副局长张晓曼电联国安局副局长胡夏峰，请求协作，于是双方率队快速突破，对手上的线索进行梳理。

郭伟杰和周佳佳刚刚从武汉回来，一下飞机就被钱雨处长召到讨论案件的会议室。

会议室里讨论热烈，郭伟杰突然举手，提出一个大胆的想法：火箭城目前面对的群体性事件有节奏、有规律、有步骤，一招接一招，很可能不是群众自发行为。而且，经过公安国保部门的初查，这个事件具有境外背景。

集会自由、游行自由、言论自由，固然都是《宪法》保障的公民权利，可是如果有人利用群众，煽动恶性事件，性质就发生变化了。

胡夏峰这次没有反对他的意见，他看着钱雨。钱雨点了点头，示意郭伟杰说出自己的想法。郭伟杰调出了几天前火箭城群体性事件的监控视频。

“这儿，大家看，这些举动哪里是群众自发？”

这是一段围在星箭航天外面人群冲击警戒线的视频。顺着伟杰所指，大家放大了视频画面，清晰地看见有人在冲击人群的背后，做着指挥动作。

郭伟杰又调出了网上所有关于这件事的报道，说道：“大家有没有注意到，但凡官方出来澄清一次，就有一次有针对性的网络舆情升级。从死者真实死亡原因，一直炒，一直炒，最后变成了质问星箭航天企业的国家科研项目中标内幕，甚至火箭城高新开发区域的规划招投标问题。”

胡夏峰凝神道：“这样有节奏、有步骤的煽动，实在是有些问题。”

钱雨的眼睛一亮：“查！”

只要查清问题所在，就能釜底抽薪。

案件远远没有之前公安现场调查得出的结论那么简单。

那位在星箭航天实习的航天学院大学生名叫郝平，这孩子不管是对人处事，还是专业知识都和他名字一样，颇得好评。

根据法医的鉴定，郝平的坠楼死亡，确实排除了外力。但是通过事件境外背景的核实，一个外号叫“西海岸”的人浮出了水面。

胡夏峰立刻部署境外线人协助核查，当日即反馈重要情报。这位外号“西海岸”的人，供职于境外一家叫International Aviation Association的组织，简称“IAA”，译作国际航天基金会，系中国司法部门列明的老牌煽动颠覆类非政府组织。

胡夏峰和钱雨相互看了一眼，老朋友了，打了很多年交道，这个组织打着“科研”“基金”“协助”的名义，从事对中国的煽动颠覆，已经不是一两次了。

据郭伟杰等人调查发现，郝平死后，网络上的各种煽动信息竟是蓄意而为之。

再往下查去，整个煽动事件有人“买帖”、有人炮制文章、有人策划、有人现场指挥，分工明确，效率甚高，大把撒钱，只要跟着闹就有红包，只要转发谣言就有奖励……

这是要干什么？

这还用问？

敌人顺势而为，借着个案，策动了一场围剿火箭城的破坏滋扰活动，利用郝平之死，把滨海的科研与经济开发重镇——火箭城的正常生产秩序破坏掉！

大学生、死亡、阴谋、腐败、官场、工程、项目经费……无一不是最容易撩拨中国网民的关键词，反正中国最不缺的就是键盘侠。

胡夏峰把查证的情况，及时电话通知了公安局副局长张晓曼，二人一合计，兵分两路。胡夏峰及时查证境外煽动的案件真相，张晓曼则及时处置网上的“雇闹分子”与现场的“指挥人员”。

很快，网上花钱买帖的人、炮制文章的人、故意闹事的人、现场派发“出场费”的人……一一落网。郭伟杰陪着公安的兄弟审了一夜，从看守所出来时天色已亮，周佳佳在办公室等着他，给他冲了一杯热咖啡。

这夜周佳佳给他打下手，忙上忙下，也没合眼，看样子疲倦得很，在郭伟杰坐下看案卷的时候，周佳佳已经趴在桌上秒睡了。

郭伟杰趁热把咖啡喝了一半，还有一半留给了周佳佳，他知道这是周佳佳喜欢的拿铁口味。

钱雨来到侦查科的办公室。郭伟杰正要喊醒周佳佳，钱雨示意不必，他向郭伟杰招手，让郭伟杰去会议室，胡夏峰已经在会议室等他们了。

案件的报告会很简单，郭伟杰就说了一件事："所有嫌疑人的口供，都承认是受雇于一个叫'西海岸'的人！

又是这个王八蛋，胡夏峰握紧了拳头。

"接着说，能查实吗？"胡夏峰问。

郭伟杰道："能。"

钱雨问："哪里人？"

郭伟杰道："老外，叫什么'萝卜头'。"

钱雨说："正经点。"

郭伟杰道："是罗伯特！"

胡夏峰看着郭伟杰道："能落地吗？"

郭伟杰道："已经查出了地址，不过，昨晚开始收网，他一旦发现他的下线失去联络……"

钱雨皱眉道："如果失去联系超过一定时间，就意味着暴露，那么就不排除他逃跑的可能。"

郭伟杰目光灼灼，道："离最早一班出港航班尚有一个小时……"胡夏峰面色严峻，目光扫过钱雨和郭伟杰等一众干警，道："只有一个小时，从局里出发，兵分两组，一组搜查他住址，完成取证固定，一组去机场阻击，两组都要拼尽全力。如果没有铁的证据，拦下来也没有办法绳之以法；如果拿到证据，敌人跑出去了，这是对我们国家莫大的羞辱。现在国家需要你们的时候到了，你们能不能完成任务？"

“能！”两排年轻干警整齐划一地站了起来。

滨海国际机场。

一个身穿黑色夹克的白种人，正坐在候机室里大口地喝汽水，他肥胖的身子跟着用力喝水的节奏也微微颤抖起来。

从他的神情可以看出，他丝毫不觉得自己是即将跑路，他从来就认为自己是外籍人，中国的司法机关不敢把他怎么样，就算有些事做得出格一些，顶多也就是把他请出国门——在中国人的用语里，那叫“驱逐出境”。

外国人要高中国人一等——也不知道是谁给了这些外国人这样的错误认识。

老子本来就不想再回来，不用驱逐，我自己大摇大摆就能出去。罗伯特心里想。

郝平的事情，罗伯特已经得到了组织的肯定。

对于一个煽动颠覆类的非政府组织来说，消耗中国纳税人的钱，拖慢中国某些区域或机构的正常有序发展，是能得到认可的。况且，他这回还成功地煽起了大浪，推动了群体性聚集，直接对中国政府的公信力进行了重创，就这事儿够外边的媒体炒大半年的。

“KPI（目标绩效考核）算是完成啰。”罗伯特美滋滋地看着飞机已经抵达了预定位置，他即将返回自己的国家，接受英雄一样的礼遇。

罗伯特待在头等舱的休息室里，宽敞的座椅放不下他肥胖的腿，他把眼放在桌上，微微摇动，很舒服的样子。

门外面远远盯着头等舱休息室的郭伟杰都要气炸了。

“哼，原来是这样的家伙。”

郭伟杰和周佳佳正在假扮情侣，坐在头等舱休息室外的一个座椅上，他选择了一个巧妙的角度，既可以看见休息室里面的罗伯特，又不会引起罗伯特的注意。

郭伟杰对着耳麦小声说：“你们搜到没？”

技术组的同事正在紧锣密鼓地整理罗伯特留下的证据。

“这人是专业的啊，住址里根本没有遗留任何证据。”

郭伟杰急了：“那怎么办？”

指挥室里的胡夏峰道：“别慌，光凭几个小虾米的口供，不能指证他的犯罪行为。”

郭伟杰道：“那就看着他大摇大摆地走啊？”

胡夏峰严肃道：“给技术组一些时间！”然后转头问钱雨，“还需要多久？”

钱雨满头是汗，喃喃道：“派去做技术现场处理的，都已经是最得力的人了……”

胡夏峰大声道：“我问你还需要多久，不是问去了什么人。”

钱雨盯着他，道：“我觉得没有人比他们拥有更强的技术。”

“我不要你觉得，我要我觉得。”

耳麦那头的周佳佳和郭伟杰一撇嘴，胡局你霸道总裁啊？钱雨一字字道：“给他们十分钟！”

罗伯特在跑路前，对自己的电脑进行了数据清除，然后进行了物理销毁处理，技术组在他家院子里挖到两台被砸坏的电脑，都傻了眼。

既然敌人如此在意这台电脑，这恰恰说明了敌人在这台电脑里留有许多行动的痕迹！

郭伟杰的额头满是汗，周佳佳握紧了他的手。

郭伟杰只等着钱雨一声令下，他就能冲进去，率队擒住罗伯特然后义正词严地告诉他：“罗伯特先生，你涉嫌在中华人民共和国境内从事犯罪活动，现在依照中国法律对你进行人身限制。我们不需要你配合，你必须服从法律，这是中国。”

可是，现在如果证据没有跟上，那么一切都是空想。

郭伟杰对自己说，这一场看不见硝烟的战斗，最需要的就是隐忍和坚持。他忽然想到吴豫，十九年前张网等待张池的吴豫，是不是也和他有一样的心境？

不，吴豫应该更沉稳、更能忍。

郭伟杰沉下心来，要相信自己的同志。

郭伟杰长吸一口气，闭上了眼睛，仿佛机场里所有不易察觉，细小的声音和过客都在他身边快速走动，像电影里的快速镜头，他的世界却安静下来，像静止了一样。

飞机开始广播登机了。

罗伯特开始走向登机口。

周佳佳、大钟差点站了起来。

郭伟杰一挥手，所有人都坐了下去。

嘀嗒，嘀嗒，嘀嗒……这短短的一段时间，郭伟杰的内心比任何时候都更紧张。

难道就这样看着他走？

“好了！”耳麦里一声欢呼。

好了，终于完成了取证。郭伟杰猛地抬头，可是，飞机已经起飞了。

迟了，迟了。

天空只留下莫大的遗憾。

飞机飞上了蓝天，罗伯特长舒一口气，他放下了手中的报纸，鼾声如雷，睡了过去。

也不知道睡了多久，飞机终于开始下降。

罗伯特内心欣喜，想必落地后打开舱门，迎接他的将是组织里的一众领导，大家将会像欢迎英雄般欢迎他——这些年他在中国搞出的事儿不少，一直都受到组织的肯定。这些年，他通过为境外航天领域的科研公司牵线搭桥，收买中国的科研资料，也发了一笔个人财。

罗伯特想：嗬，马上就要退役了，轻轻松松地从中国全身而退。中国的国安也不过如此，丝毫没想象中那么强大。在中国老百姓眼中，一提国安，都以为是北京的一家足球俱乐部——宣传动员还处于起步阶段，隐蔽隐蔽，走到了极端，玩成了消失和封闭，社会层面都不知道你在干什么，自己的公民都不知道该如何支持你，这种水平怎么可能和举国皆情报的我们一斗？

“一群踢球的”。罗伯特经常这样揶揄对手。

在他住宅里的工作电脑上，总是用“一群踢球的”来指代中国国家安全部门。北京国安足球俱乐部是中国大陆成立最早的一家职业足球俱乐部，其前身是1956年成立的北京足球队。这让滨海国家安全局前往取证的同志看了哭笑不得。

飞机稳稳落地，罗伯特已经开始幻想着自己立功受奖，他看了看自己上衣的胸口位置，很快，这里将挂满立功勋章。

罗伯特看了一眼窗外，离开自己的祖国已经很多年，感觉自己都认不出祖国的样子了。

头等舱里依然很安静。

罗伯特突然感觉异样，他举目张望，一种不祥的预感涌上他的心头。

天空还是那个颜色。

机场的环境还是没有变化。

飞机广播里没有播放任何抵达目的地的信息，美丽的空姐正播放着机舱广播，请大家先坐在座椅上，稍候片刻。

机舱门打开，几名年轻的小伙子快步而来，从装扮来看，他们可不是什么空乘人员。

几名小伙子将罗伯特围住。

奇怪，头等舱里居然没有一点骚动，中国的老百姓不都应该凑热闹吗？不都应该起哄拍照吗？

罗伯特镇定地问："你们干什么？你们是谁？"

其中一名小伙子笑道："我们是'一群踢球的'。"

罗伯特面部肌肉抽动，他猛地想要站起，被为首的一名小伙子快速扣在了座椅上，亮晃晃的手铐已经快速把他的双手扣住。

为首的正是郭伟杰，他用英语、中文分别向罗伯特告知了一遍权利和义务，并出示了相关文件、证件。

飞机又飞回了滨海国际机场，这自然是国家安全部门的杰作。就在飞机起飞时，周佳佳握住了郭伟杰的手，叹气道："我觉得我们抓不到他了……"

耳麦里胡夏峰的霸道总裁劲儿来了："我不要'你觉得'，我要'我觉得'。"

这个时候的霸道劲儿，让人底气十足。

就在罗伯特熟睡的时候，空姐在舱内向其他乘客挨个儿简要做了解释，飞机将会飞回滨海机场，希望乘客配合相关部门办案，希望大家予以支持。

所以，整个飞机折返飞回滨海，没有任何骚动，没有质疑，没有起哄，乘客都静静地等着，静静地配合，不给罗伯特任何警觉。

群众不支持国安工作？

郭伟杰似笑非笑地看着罗伯特：“你是不是对我们国家老百姓对我们的支持力度有什么误解？”

24

唯一的照片

罗伯特被直接带进了审讯室。

三下五除二，就被攻破了心理防线，对自己的行为供认不讳，为了自保，罗伯特供出了针对中国航天领域重镇——滨海市的整个战略计划。

为了扼制滨海的航天高科研发，以罗伯特为首的煽动颠覆非政府组织，早早就打入了中国。

小组？胡夏峰眉毛一皱。不是单兵作战？

罗伯特供认，除执行“扼制、滋扰中国航天科研”的任务，煽动群体性事件给中国制造麻烦以外，罗伯特还牵线搭桥，倒卖中国的各种科研资料，而多年前与罗伯特联系的一名中国人，曾多次贩卖中国航天领域的科研资料给他。除了罗伯特以外，这个渗透颠覆类非政府组织，在中国还有一名小组成员，外号“三角峰”。胡峰一拍桌子：“快拣重点说！”

当罗伯特继续坦白时，郭伟杰和胡夏峰吃了一惊，十九年前和罗伯特联系出卖国家秘密的，正是当年逃脱的张池，而十九年后，当境外的科研机构再次在境外悬赏，张池按捺不住，再次和罗伯特取得了联系。果然是他，十九年前向境外提供国家秘密的罪魁祸首！

滨海国安局紧急会商，决定以罗伯特为饵，钓出张池和“三角峰”。罗伯特交代了三人紧急联系方式，郭伟杰依此方式向张池发送了一份邮件。

很快，张池上线回复，但内容却是乱码。

这是约定好的密文，看来只能让罗伯特来辨认了。

罗伯特被带到了电脑前，经过辨认，张池回复所使用的暗语，只有张池才知道。也就是说，隔着电脑屏幕，在未知的网络暗角里回复他们的，只能是张池。

技术部门开始对张池进行追踪。

钱雨问：“锁定了没有？”

耳麦里技术组回复：“已经锁定，马上远程开启他的电脑摄像头，对他进行录像。”

罗伯特突然一笑，猛地摆脱身边的干警，扑向了桌面，他在键盘上敲出一个“=”，发送了过去。

这是什么意思？

IP追踪突然中断。

对方警觉地中断了联系。

罗伯特一耸肩：“不好意思，这人好像比较谨慎，起码比我谨慎。”

郭伟杰拉起罗伯特的衣领：“你搞鬼？！我扔你进监狱。”

罗伯特笑了：“反正我也要进监狱，我也没指望有好日子。”

“=”是键盘“backspace”键的前一位，“删除”也就是“撤退”的意思。

这是在示警。好狡猾的对手。

郭伟杰恨恨道：“你以为我们就没办法了吗？”

没有锁定到具体的正地址，敌人用了特殊的手段临时藏起了IP地址，技术组控制到敌人电脑摄像头的一瞬间，只拍到一张照片。周佳佳把照片放在投影仪上。

照片上一个衣着严实、戴着墨镜和口罩的男子正在盯着屏幕，可是照片很干净，看起来没什么有用的线索。

钱雨死死地盯着照片。

他仔细地查看照片中的每个细节。

从照片能判断出这是一个网吧，但没有其他有用的信息。

突然，钱雨注意到了一个细节，他把照片放到了最大，目标人物坐着的椅子边上，有“金驰”两字的刺绣。

那是网吧的名字！

胡夏峰沉稳的声音，他看着钱雨和郭伟杰，用惯常的冷酷口吻说：“查。”

专案组忙成了一锅粥，大家坐在各自的位置上忙碌着。周佳佳和同事正利用信息网筛查全国范围内叫作金驰的网吧。国安局外线进出可能的网吧走访排查。

铺天盖地的查证开始了。

很快，信息排查有了结果，在国内叫这个名字、具备相似环境的网吧，有36家，分布各地。

胡夏峰皱眉：“这么多？”

钱雨道：“一家一家查下去的话，张池又跑了。”

郭伟杰道："有个事儿，我不知道当讲不当讲。"

这句生活里很熟悉的话，基本上就是句屁话，和"有些话说起来难听，但是我还是要说"一样，是极其没情商的蠢话，你自己都不知道当不当讲，还问别人？你自己都知道难听，为什么不好好说，非要往难听的方向说？

郭伟杰可不是没情商的人，这样智商、情商双高的人，本来就很少见。

胡夏峰也是聪明人，他一听就知道郭伟杰这小子在故意卖关子。

钱雨一脸黑线，最不想听到吴豫消息的，正是他。

胡夏峰长叹一口气："老钱，十九年了，闭口不提不代表吴豫的事情没发生过。当年咱该帮的都帮了，可所有事情都是吴豫自己选择的，我们旁人也不能帮他做决定。"

胡夏峰顿了一顿，看向郭伟杰，道："只要有助破案的线索有什么不当讲的！"

郭伟杰道："既然领导定了调，我就说了啊。"

钱雨不耐烦道："说！"

郭伟杰一字字道："吴豫很可能已经找到张池了。"

胡夏峰和钱雨一惊："什么什么？"他们简直不敢相信自己的耳朵。

郭伟杰又道："跟着吴豫，就能找到张池。"

钱雨道："那这36处网吧……"

郭伟杰道："我从武汉回来，找到了吴豫的去向，他去重庆了。"

钱雨看向资料里36处网吧的地址。

其中正有重庆的地址！

吴豫的行踪，已经给这紧急的36处线索指明了方向。

胡夏峰的手机响了，是老领导罗平的号码。吴豫是罗平亲自从警校挑出来的，罗平当年担任侦查处处长的时候，胡夏峰、吴豫、钱雨都是他的兵。

此刻的罗平已经在省厅居于要职。

老领导罗平似乎未卜先知一般，在电话那头语气平静："夏峰我说你听，注意保密。你们是不是在纠结上哪儿追张池去？据可靠线报，张池在重庆……"

胡夏峰一愣："谁的线报？"

25

重庆的雪

2016年，发生了很多事。

北京八达岭老虎袭人，吴奇隆和刘诗诗在巴厘岛大婚。

对于这个中国最年轻的直辖市来说，这一年还迎来了二十年来的一场大雪。

这一场大雪，让所有重庆人记忆深刻。

整座城市陷入了玩雪的狂欢。

重庆巴南区的明珠酒店，也堆满了厚厚的雪。

明珠酒店的对面，是即将动工的巴南区鱼洞华熙LIVE，未来的许多年里，这里将比照北京五棵松LIVE的形式，迎来许多体育赛事和璀璨明星的演唱会，当然也有许多携手看演出的年轻情侣。

吴豫却没有玩雪的兴趣，他正在明珠酒店的大堂里忙碌。他好不容易才找到了这份工作，在这之前，他几乎三餐不饱。长年的奔波和窘迫，早就磨光了他的锐志，此刻的他已届不惑之年。可是，他的容貌看起来却更苍老些。

这一天，吴豫和黄萧竟然重逢了。这大概是吴豫一生最大的幸运，渺渺红尘，茫茫人海，两人的命运轨迹又交错在一起。

外国客人正在柜台登记，吴豫和同事挨个儿把行李放上行李推车，先行一步上楼。

他抬起头，就看见了黄萧。他简直不敢相信自己的眼睛。黄萧容貌没有发生变化，她身着酒店服务生的套裙，笑着看着吴豫，她笑起来可以融化重庆的雪，她说道："混不下去了可以找朋友，好歹也是江湖大哥，怎么成这样了？"

吴豫也笑了，问她："你是来找我的吗？"黄萧说："我逃来重庆有一段时间了，我实在不想嫁。"

吴豫道："不想嫁，那就不嫁吧。"

黄萧说："这么巧，你也在这家酒店上班？"

吴豫又问了一遍："黄萧你是来找我的吗？"

黄萧顾左右而言他："你省省吧，看看，都混成什么样了，在我们酒店，也不怕被人嫌弃，一会儿把你头发和胡子理一下！"

黄萧来重庆有好一阵了，她比吴豫早入职酒店集团，当她听说新入职的人，有个叫吴豫，她想了一切办法，调到了巴南这家店来。

黄萧回过头，她发现眼角有点湿，真好，又能见上面了。

缘分这个东西，永远那么玄妙，这个吴豫，随时都让人觉得捉摸不透，他的气质，像是乡下务农、老实巴交的农民，可是有时候，他又根本就不像个服务生。就像昨天吧，黄萧惊奇地发现吴豫竟然在店里和一个外国旅客用外语交流。

电梯里，黄萧用手肘碰了下吴豫："昨天走的外国老头儿给了你多少小费？”

吴豫一愣，没反应过来，他随即想起：“哦，二百。”

黄萧道：“真好，要是我也会英语该多好。”

“那不是英语。”

黄萧笑道：“难道是你老家乡下的土话？”

吴豫道：“不是，我家的土话，你们听不懂。”

黄萧后来才听酒店的领班金康说，昨天吴豫和外国客人交流使用的是西班牙语。

电梯门打开，两人推着车进入走廊。

吴豫道：“我也只会那么几句，瞎猫碰上死耗子。”

进房间，黄萧便往沙发上一躺，拿起桌上的迎客水果吃。

“唉，你别吃啊，一会儿客人上来了。”吴豫停下手上的工作提醒道。

黄萧道：“没事，有一篮子呢，少一个也看不出来。”

深夜，酒店住客都已经歇下。

领班金康对吴豫说：“我先走了，你收尾哟。”

金康收拾着自己的东西，他住得不远，在九龙坡区巴国城一带，这个点驱车过去，也不堵车。

“嗯。”吴豫有气无力地应了一声。

吴豫收拾完手上的工作，便去了更衣间。他打开更衣间的柜子，取出衣服，换下了工装。

他步行三十分钟距离，去离酒店不远处的一处桌球吧。他并不喜欢玩桌球，可是他总是会在下班后，去桌球吧坐一会儿。

吴豫漫不经心地打球，悄悄观察着球室内成群结队的群体。

他就像喜欢夜钓的渔客一样。

他知道自己做的事，和夜钓的渔客没有区别。

今夜又是一无所获。

吴豫返回酒店提供的员工宿舍楼。

他提着几听啤酒上天台独饮。

天台望出去可以看到重庆夜景的一角。

吴豫记得自己第一次看到重庆夜景的时候，被震撼住了。这个城市叫作山城，建筑物多依山而建，高低错落，就形成了灯火层叠的形状，再加上两江水在城市穿梭，江水耀映下，更是金波银汉、霓虹璀璨，令人生出一种梦幻的感觉。

霓虹越发美好，照得吴豫越发渺小。

黄萧提着一筐衣服晾完往回走，发现了同在天台上的吴豫。黄萧放下篮子，准备从吴豫身后吓他一下。

她悄悄靠近，要扑下去的一瞬间，吴豫一个动势，她便往他怀里跌去。

黄萧喊："哎哟！"

吴豫看清来人："是你？"

黄萧道："不然你以为是谁？"

黄萧推开吴豫站起身，毫不客气地开了一罐啤酒，和吴豫并排而坐，一同欣赏夜景。

"我给你讲，重庆的啤酒你以前是没喝过，老山城比现在的啤酒好喝多了，可惜现在没有了。"

吴豫问："你喝过？"

黄萧道："怎么没喝过。我以前常来重庆。"

吴豫又问："那个时候你几年级？"

黄萧道："这个……关你什么事。"

吴豫道："未成年不能饮酒。"

黄萧道："我不是说我饮酒，我是给你说重庆的酒和火锅，以前人们都说：'酒喝老山城，火锅洞子口。'你知道什么是'洞子口'不？"

吴豫一脸呆滞："我怎么会知道……"

黄萧得意起来："'洞子口'就是以前的防空洞，以前战争时期，重庆为了躲避轰炸，修了很多防空洞，后来一些防空洞废弃后老百姓就在洞子里开起了火锅店，在洞子里吃火锅，也就成了重庆火锅文化的特色。"

吴豫疑惑道："洞子里吃火锅会不会太闷？"

黄萧笑道："防空洞里面冬暖夏凉。你什么时候有空，我带你去沙中路，重庆大学背后有家洞子口火锅，很不错！"

吴豫不接话，继续喝酒。

黄萧转头看向渝中半岛的方向，道："真美呀，可惜不属于我。"

天台的风吹上了吴豫的脸，他回首这一生，他一直以为自己是名不屈的斗士，蓦然发现其实他所经之生活，竟然如此狼藉！他不过是自我迷惑的堂吉诃德！他似乎和这位与风车作战的骑士一样，抱着最后的骑士精神，去和虚无缥缈的生活作战。

他到过许多地方，除了滨海，他还去过云南、新疆、湖北、重庆……可是他始终没有归属感。

魏东山、魏乐乐、黄萧、晓天、父亲吴刚、妹妹吴芳……所有的人都成了自己生命里的过客。他问自己，到底知不知道自己在坚持什么？到底该不该放弃？

吴豫惆怅道："不，它属于你，但不属于我。"

黄萧若有所思地看着吴豫。

黄萧喝光了罐里的啤酒，说道：“早些睡吧，明天酒店里有拍卖会，有得忙了。”

明珠酒店承接了亚洲最大的一次拍卖会。吴豫一大早上班，按照惯例，去向领班金康报到。金康已经提前到了，他看了看手表，吴豫没有迟到。哼，又守时又勤奋，除了嘴笨不爱说话，什么毛病都挑不出，这可怎么办？

金康不高兴极了，他听说黄萧和吴豫昨天晚上在天台喝酒——总有人喜欢告密。这种不高兴，是源自对黄萧的觊觎。

金康用尽浑身解数，从鸡蛋里挑出骨头，把吴豫狠狠骂了一顿，吴豫解释了两句，金康恼羞成怒，扇了吴豫一耳光。

吴豫握紧了拳头，没有还手。

金康气也发了，说道：“好好干，不然就滚蛋！”

礼堂里的活动已经开始了。酒店礼堂里坐满了人。

远远的礼堂里的女主持人用高昂的声音喊道：“有没有人出更高的价格？有没有？二十万第一次，二十万第二次，二十万第三次，成交！”

拍卖师在台上热情高涨，台上喊价声也是此起彼伏。

拍卖会结束，来宾留在礼堂里聊天。

吴豫端着托盘进入会场分发饮品。

他靠近一群人，一抹红裙在一众黑色西装之中甚是扎眼。

吴豫的目光无意识地被红裙背影吸引住了。

一只手端起吴豫盘里的红酒。

红裙子道：“谢谢！”

这是多么熟悉的声音，吴豫抬起头，两人对视，吴豫呆立在当场。

红裙子一丝慌乱，瞬间却镇定下来。

吴豫立即端着酒盘离开了。他感觉到自己整个人都在发颤，他知道红裙子来这里，一定是带着特殊任务来的。她盯着会场里的几个东南亚人士。

白天的热闹全部散去，礼常里只剩下一盏灯，只剩下吴豫一个人在打扫收拾，吴豫心情一直没有平复，他简直怀疑自己大白天的是产生了幻觉。

门忽然被推开，红裙子走进来。

“吴豫。”这声音真是有如天籁，真是远如天外而来，可是又那么亲切，那么动心。果然是她，以吴豫的眼力，在万千人中亦不会辨别失误，何况是他熟悉的她。

吴豫停下动作叹了口气，硬挤出一丝微笑。

吴豫没有转身，他想继续保持过去在她面前那种坚定、强大的男子汉形象，他轻轻喊了一声：“北俪。”

这红裙子，自然便是吴豫这一生中最牵挂的人——王北俪。

这个名字，他在窘迫的人生中，不知道在多少个寂寞的夜晚里轻轻喊过，在他人生最潦倒的时候他用笔在洁白的纸上书写过一遍又一遍，可是，当这个人俏生生地站在自己的面前时，他发现自己需要用多大的力气，才能喊出她的名字。

这一生都藏在内心最深处的名字——王北俪。

他仿佛觉得自己有许多话要对她说，他在监狱里每个难熬的夜晚，他对着墙壁小声说话，假装墙壁就是她，他用这种方式让自己保持清醒，用这种方式让自己记得自己曾经是和她一样的人。

他在街头流浪时、在帮派混迹时、受委屈时、受伤时……想着的、念着的，都是眼前的这个人。他甚至在梦中设想过再次见着王北俪，将会是什么样的场景。他有没有胆量，去拥抱一下她？

告诉她，十几年前的那个吴石头，一直都在。

吴豫不止一次地想，只要证明了我的清白，我还能回去吧，若还能回去，只要静静地守在王北俪身边就好。

可是他竟然不知道该说什么，这些年流浪的时光是多么的狼藉，甚至是狼狈，此刻他脸上还有金康给的一个重重的巴掌印。

他已经不是当年的吴豫了，该给心中的女神说些什么呢？他本来就口拙，如今更是词穷。

二人就这样站了几分钟，王北俪先开口，道："这些年好吗？"

"这些年"三个字，彻底击溃了吴豫故作坚强的内心。吴豫微微侧身，王北俪看见他的肩膀微微抽动。

"说来话长。"吴豫像是不知道该怎么说话。

王北俪道："从离职到现在，你就没再联系过我们。"

"我的事情太多了。"

王北俪问："为什么要做服务员？"

吴豫道："有人愿意给口吃的，自然该接住的。"

王北俪的性格向来直截了当："你还在查，对吧？"

"什么？我不明白你在说什么？"

王北俪道："这些年你是不是受了很多苦？"王北俪的目光中满是怜悯。她看着吴豫的面容，他的皮肤皱纹中已经满是岁月无情的痕迹；他的眼神是灰色的，再也没有了当年的热情；他的头发已经稀少而有了银丝，发际线也已经退后了许多。

这一眼怜悯真的是让吴豫内心翻天覆地。吴豫强忍着，镇定着说道：“南漂嘛，正常得很。”

王北俪道：“你不会变的，我相信。你一定还在盯着当年的事不放。”

吴豫几乎要掉泪，王北俪仍然是了解他的人、相信他的人，有什么能比得到自己挚爱的人的信任更鼓舞人生？

吴豫上前一步，不由自主地想要拥抱王北俪。

蓦地，吴豫瞥见王北俪手上的钻石戒指，无名指的婚戒。

“你……结婚了？”

王北俪点头：“是啊，和夏峰。”

吴豫感觉口中发苦，他刚刚想要拥抱王北俪的念头生生被拉住，他用力将这个念头扼杀下去。

王北俪接着道：“这么久了，你还不愿意说？”

吴豫只是盯着王北俪的戒指，这枚戒指真好看，可能自己这一辈子都买不起。

是了，也只有胡夏峰能配得上她，胡夏峰人灵活、会说话，有事业心、有担当，出身又好，根正苗红，现在想必已经是局里的领导了吧。

他内心苦极，他想过很多次，如果王北俪和胡夏峰在一起，他一定要祝福他们，可是当他看见王北俪的戒指的时候，他还是只能负气而逃。

这些年的落魄、流浪、慌乱、狼狈、穷苦，仿佛在一瞬间约好了涌了上来，将他整个人霸占。

如果不是当年的事故，他的人生不会是这样！

哼！当时如果不是胡夏峰的耳麦失灵，指挥延迟，郑晋早就被钱雨扣住了，怎么会来拖住我的腿？

可是，人生本来就没有如果！

吴豫终于把所有想说的话，都咽了下去。

“我就是这样了，我变了，人是会变的！我现在只求个安稳。”

王北俪被吓了一跳：“我认识的吴豫不会说出这种话。”

吴豫神情复杂：“因为他尝到了没有面包吃的滋味！”

王北俪咄咄逼人：“面包怎么会成为你生活中最重要的事情？你不是那样的！为什么要变？以前不是你的错！”

“以前！以前！你干吗老说以前的事？你还没明白过来啊，人是我踢死的，当时在聆讯时我说去追人、查线索都是骗人的鬼话，所有的一切只是我为了掩饰自己的错误逃避责任的托词而已！”

吴豫从来没有感受到自己的口齿如此利索。

王北俪感觉到自己在发抖，她颤声道：“那你坐牢呢？”

吴豫大声道：“我咎由自取，我和人争风吃醋，我在酒吧打了人，我难道不该被——判刑吗？”

“我不信！”王北俪大喊。

“幼稚！”

王北俪道：“吴豫，你不是这样的，我们一起回去好不好？”

吴豫道：“回去？回滨海？”

王北俪道：“对，滨海。”

“我为什么要回滨海？”吴豫痛苦极了，“我为什么要回滨海？我在那里既没有朋友，也没有亲人。”

王北俪道：“可是……你还有我们！”

吴豫喃喃道：“我们？”

王北俪道："是，有胡夏峰，有我，还有钱雨。钱雨一直很把你当朋友的，虽然他现在被很多小年轻叫作‘冷酷无情’，但是……他是因为你的事才冷酷起来的，他以前也不是这样的，他要是再见到你，肯定会很高兴、很热情。"

"是因为我蹲过牢的事，是因为我丢了学校的脸，丢了滨海国安局的脸。"吴豫缓缓道。

王北俪用一种央求的声音："吴豫……"

吴豫侧过头，用力地说道："我在这里有工作，我回滨海干什么？"

是啊，吴豫回滨海干什么？王北俪竟然一下子回答不上来。

吴豫又接着道："你来这种场合，我知道你有任务，我不能问，你注意安全。"

王北俪的眼眶红了："你看你，还是在维护我，还是和以前一样。"

吴豫大声道："不一样了，我回不去了，钱雨不一样了，胡夏峰不一样了，你也不一样了！"

王北俪伸手要去拉吴豫："吴石头……"

这一声"吴石头"，吴豫感到整个人都被击溃，他转过身，感觉自己的心在快速收紧，他多少次在梦里祈祷再听王北俪叫自己一声"吴石头"，此刻终于实现了。他百感交集，我的人生到底怎么了？十几年过去了，我已经不是当年默默爱着王北俪的吴石头了，王北俪也不是当年刚从警校毕业、笑得很甜很甜的小师妹了，她现在是胡夏峰的夫人。她依然很好看，还多了几分成熟和风韵，她已经是滨海国安局叱咤风云的女处长了。

过去吴豫觉得自己配不上她，现在，他觉得自己更配不上她。吴豫低下了头，看着自己酒店的制服。

十几年，长得足以让每个人的人生都变了。

这世界上，唯一不变的，莫不就是变化吗？

蓦地，门外传来黄萧的声音：“吴豫！你看我买了什么？”

黄萧冒冒失失地提着一扎啤酒闯进大堂，迷惑地看着礼堂里的两个人。

吴豫道：“你怎么来了？”

黄萧道：“昨天喝了你的酒，今天我来……不是，你……嗯……后面那位是……”

吴豫面上又恢复了毕恭毕敬的服务员神情，看着王北俪，他终于找回了自己此刻的角色。

吴豫道：“哦，这位客人今天在拍卖会上掉了东西，所以过来找找。”

黄萧也恭敬道：“女士，请问你找到了吗？需要帮你联系一下前台解决吗？”

吴豫道：“找到了，找到了，是吧，女士？”

王北俪收起了情绪，应付这样突然变化的场景，本来就是她作为国安干部的业务素养。

王北俪脸上也恢复了贵宾的端庄，说道：“嗯，找到了，找到了。”

吴豫道：“黄萧，你把客人送出去吧，她可能不识路。酒给我，我在老地方等你。”

他故意把“老地方”说得很重。

黄萧笑着道：“女士，我带你出去吧。”

王北俪含着笑，没有看吴豫，她也回到了自己此刻的角色。

王北俪跟着黄萧出去了，礼堂里只剩下吴豫一个人。

吴豫觉得脸痒痒的，用手一擦，是一滴眼泪顺着脸流了下来。吴豫一下子像被抽干了身体一样，跌坐到地上，“呜呜”地哭了起来。他不知道自己是怎么了，多年来的委屈第一次被人提起，但自己却矢口否认。是啊，自己现在连警察都不是，这么多年到底在坚持什么呢？

每个人都有自己的角色，都有自己的命，就像黄萧曾经喜欢的一首刘德华演唱的老歌——《暗里着迷》，“其实每次见你我也着迷，无奈你我各有角色范围”。

酒店大门口，重庆的夜色很美，连路灯都是温暖的颜色。黄萧把王北俪送上计程车。

黄萧关上门，道：“女士，希望下次能再次和您在酒店相遇，祝您生活愉快！”

王北俪隔着车窗看着黄萧，这女孩儿挺好的，又年轻，又开朗，吴石头会过得好起来吧。

黄萧赶回礼堂，只有一扎啤酒放在门外，吴豫早已不见踪影。

26

车行

太阳照常升起，薄雾蒙蒙的重庆慢慢醒来，纵横交错的立交桥上已经有许多车辆在快速行驶。

重庆的计程车是亮丽的黄色，清一色的铃木。

吴豫照常和同事运送行李到相应的房间。

他和黄萧推着行李进入电梯。电梯正要关上，又被人按开。一名男子和女伴还有其他客人在他们之后也进了电梯。

吴豫和黄萧连忙把推车往后挪了挪。电梯内部顿时变得拥挤不堪，吴豫背对男人站立。

电梯运行至行政酒廊层，男人们一拥而出。

得到空间的吴豫立刻转过身准备按键关门。

可关门的一刹那，他如遭雷轰，他看见出去的一个男人的脖子背后竟然文着自己苦苦寻找的文身。根据掌握的张池的身形特征，此人不是张池，可这个特殊的文身一定和张池有关联。

“赤影夜叉”，错不了。

男子的西服领子遮住了文身的一部分，可是只凭露出的一角，他已经可以判断这是大师级的手笔！和魏东山身上的一样。

和当年他在现场看见的张池身上的文身一样！

他内心默念，将晓天给他的所有地址线索都在脑海中过了一遍，已经是最后几个线索了，他跑了许多城市，已经排除了大多数。

他按下开门键，探出头去观察男子的其他特征。男子穿着深蓝色西服，笔挺的身材，步态有力。

不是他。

吴豫内心已经做出了判断。不是当年滨海街头跑走的人。他的记忆力超群，只要近距离观察过，哪怕只有一瞥，他也能记得当时的那种感觉。

眼前的男子不是当时跑走的人。

男子把房卡递给行政酒廊门口的服务生核对后，和女伴一起进了酒廊。

吴豫急切地嘱咐黄萧："你先上去！"

吴豫快步走出电梯，他径直来到酒廊门口询问同事。

"刚刚进去那两个人住的是哪个房间？"

酒廊门口的同事道："2509，怎么了？"

吴豫道："在电梯里遇上了，让我往他房里多送两张浴巾，我忘了问他房号。"

应变，是基本功。

酒店的入住信息，吴豫这个层级是没法接触到的，他只能又去找黄萧。

黄萧歪着脑袋，瞪着眼："你保证不做什么违法犯罪的事啊！"

吴豫拍拍胸口，举起三根指头：“我保证，我保证，真的！”

黄萧：“你说的啊。”

吴豫道：“啊，我说的，只要房间的身份预留信息，你看一眼告诉我，不会有人知道的。”

黄萧道：“给个理由先。”

吴豫道：“那人我好像认识，我确认下。”

“就这么简单？”

“是。”

“那……”黄萧摇摇手里的啤酒。

吴豫道：“算我的，就当为那天失约向你赔罪。”

黄萧道：“不行！”

吴豫道：“啊？”

黄萧道：“我要去重庆大学背后吃洞子火锅！”

吴豫一拍手：“没问题！再加老山城。”

黄萧白眼翻得老高：“现在没有老山城了，改夺命大乌苏吧，口感也近似，劲大！”

吴豫连连叫好。

黄萧去了片刻，就返回来，拿着2509房间客人的预留信息，吴豫一看：刘浩东。

次日，吴豫在搜索页面上输入了刘浩东的身份信息。在工商部门户网站查到了刘浩东公开的工商信息。

刘浩东，经营着一家维修改装车行，在江北区红旗河沟往黄泥磅方向。

吴豫眼前一亮：车行急聘维修工。

这还不简单，吴豫这些年什么工种没做过？

黄萧问：“吴豫你去干什么？”

吴豫说：“我想换个工作。”

然后，吴豫见着黄萧眼中的失落。黄萧问：“这里不好吗？”

吴豫说：“不好。”

黄萧问：“那约你吃火锅，算不算数？”

吴豫点点头：“算。”

这一天，吴豫坐了很长时间的车，从重庆的南端去往北端。他很容易就应聘进了刘浩东的车行。

吴豫干活儿踏实，很快就和一众技工打成一片。黄萧时常会在休息日，搭乘轨道交通来江北看吴豫，两人会一起去吃火锅。吴豫吃不惯太辣，上桌就点鸳鸯锅，一半红油一半白汤。

两人在一起吃饭，黄萧的话明显比吴豫多。

有时候吴豫收工晚，饭吃得迟，黄萧就在工厂外面的石墩上坐着等他。她一边嗑瓜子，一边看吴豫，这人有点“莽”，重庆话就是形容人傻，但是常常又非贬义，女生称男生是“莽子”，多半就是说你带点可爱的意思。

二人每次相聚的晚餐都会在九点前结束，因为时间若是晚了，轻轨收班，黄萧打车贯穿重庆南北，将会很贵。

白天，车行的风扇呜呜地转着。

吴豫正趴在桌上打瞌睡。

“嘟嘟嘟。”一辆奔驰在大门口按喇叭。

吴豫惊醒，打开门禁。

奔驰从保安亭开过，吴豫和车里的人打招呼。

吴豫认出他就是刘浩东。

以吴豫的基本功，和刘浩东交熟，他只用了三个月。刘浩东很快就对吴豫欣赏起来，这人吃苦耐劳，技术到家。

每次刘浩东回来，都会把钥匙扔给吴豫，吴豫给驾驶座铺好塑料垫子，自己上车，帮他停车。刘浩东看着这个细节，不错，这小子还特细心。

“倒，继续往后倒！”

技工指挥吴豫将老板的奔驰汽车倒入车位。

“好，停！”

一个夜风微凉的凌晨，吴豫躺在床上翻来覆去睡不着。他走到桌边，翻出了一张跌打药膏贴在腰上。他内心暗笑，自己果然不是年轻人了。

突然他听到外边有电焊的噪声，赶忙起身查看。

吴豫打着手电筒出来，看见维修厂房的灯亮着，刘浩东在里面忙进忙出，厂房中间放着一辆改装车。

刘浩东也注意到了他，朝吴豫喊：“过来帮忙！”

刘浩东从外边推了个轮胎，往厂房里走，灯光照在他的身上和脖子上。

吴豫突然想到张池从自己面前逃走时的画面。吴豫把手电筒往身上一别，上去帮忙。

刘浩东说：“人是得服老啊！你才来肯定不知道。老孙在那会儿，我的身体还没垮，在这儿改一宿的车都不会疲惫。”

吴豫问：“老板，维修厂你开了多久了？”

刘浩东想了一下：“一晃有十几年了吧，我想一下啊，那一阵我刚结束手头的生意，闲着没事，跟几个迷改装车的朋友一起玩儿，每天啥也不干，就在改装间鼓捣。几个人一合计，既然有市场，也不缺技术，那就干呗。”

吴豫问："我看厂里生意挺红火，您没考虑再做大点吗？"

刘浩东说："现在年龄大了，不贪多，只求个安稳，不然也不会从极限职业改行了。"

吴豫控制着面部表情，问："改行？您以前做过什么极限职业吗？"

刘浩东说："可有的说了，我是开拳庄的。"

吴豫问："武馆？"

刘浩东笑道："地下拳庄。你看，我脖子后边的文身，就是拳庄的标志。"

刘浩东大大方方地把脖子后边的文身给吴豫看。

"赤影夜叉"！

吴豫不动声色。

刘浩东问："你赌过黑拳吗？"

吴豫说："没有，只是听说过。"

刘浩东道："其实就是我们拳庄负责安排地下拳手比赛，外围组织下注。"

吴豫问："有什么参赛规则吗？"

刘浩东说："只有一条，往死里打。"

吴豫问："可打这么狠，不怕出事啊？"

刘浩东叹气："不狠谁看啊？拳庄培养的比赛拳手，大都是不要命的主，为了奖金，巴不得一拳下去，对手不省人事才好。被打得半身不遂，只能自认倒霉。而且如果当天现场打得越激烈，台下观众只会越高兴，下注也痛快……不过，还真让你说中了，有次比赛，一位拳师上场和人打，他本来是空手道高手，我们拳庄的常胜冠军，可是对手不知道怎的，一拳正中他的太阳穴，死在了台上。当时我站在台下，他的眼睛还睁着，死死地盯着我，看得我发毛。那个眼神估计我这辈子都忘不了了。比赛以后啊，我老梦见他，看了医生和神婆都不见效。后来我想，解铃还须系铃人啊，自己搞出的事儿，还得自己解决，索性动手解散了拳庄，金盆洗手不干了。睡得也踏实点。你呢吴豫，听我讲了这么久，还没听过你的事呢。”

吴豫问：“我就是到处打工，哪有什么事儿……你和他交情很好？”

刘浩东说：“是。”

吴豫问：“他也有这样的文身？”

刘浩东疑惑地摸摸脖子，说：“好像就是他最早文这个的。那会儿大家都崇拜他，跟风，慢慢这个图案就变成拳庄标志了。诶？你问这个干吗？”

吴豫搪塞说：“我有个朋友，也有这样的文身，我找了他很久。”

刘浩东说：“原来如此，这文身的做工复杂，非一流手艺不能呈现，拳庄里也只有几个人的文身是大师级手笔，其他人模仿的，都不大好看。”

吴豫说：“这么复杂的设计，不知道是谁做的？”

刘浩东一拍大腿：“就是死去那位拳师的结拜兄弟！”

吴豫眼睛亮亮的，问出一个最关键的问题：“他人在哪儿？”

27

主犯张池

胡夏峰已经带着人飞赴重庆，经过局领导层层上报后，在部里的协调下，重庆局的兄弟给予了极大的支持。吴豫既然来了重庆，那么已经可以排除其他35个网络地址。

铺天盖地的核查工作开始了，这种工作是枯燥的，其难度有如大海捞针。

专案组锁定了叫“金驰”的网吧，随即以这个网吧为圆心，查找所有线索。

郭伟杰忙活了一夜，有些疲倦，回到临时入住的酒店，就趴到床上，他的身子虽然不动，但脑子却一直没停。他在想，查了几天没动静，会不会判断错了？十九年了，吴豫是不是真的还在坚持查人？如果只是巧合，他的判断错了，兴师动众尚属次要，关键是误导了侦查方向。

郭伟杰自然不知道，胡夏峰已经收到罗平通报的情况。

要是无功而返，钱雨肯定一脸黑线，肯定会骂他：“你个小鬼让大家扑到重庆干什么啊？来吃火锅吗？啊？”

他越想越烦，收起手机，准备去洗澡。

他拉开鞋柜，发现没有拖鞋，便打电话给前台。

电话响了两声，有个女声接起来：“你好，这里是前台。”

“305房间请送一双拖鞋。”

那嗓音动听的重庆妹子在电话那头用“重庆普通话”问：“好的，请问先生贵姓？是入住人本人吗？”

郭伟杰道：“嗯，我姓‘余’。”

他们外出办案或执行特别任务，往往使用化名证件，郭伟杰的化名是自己起的，叫“余则成”。

电话那头的女声迟疑了一下：“姓驴？”

“对，红鲤鱼与绿鲤鱼的‘驴’。”

服务员在那头“扑哧”就笑了。

拖鞋送过来后，郭伟杰起身去洗澡，热水从头淋下来的一瞬，他感觉全身的疲倦都被带走了。

茶几上，手机疯狂振动，是周佳佳打来的电话。

有斩获了，已经找到张池的居住地点。

“钱处已经去了，让你过来现场会合，我把地点发给你。你快来！”

距离罗伯特示警，已经过去了不少时间，必须和时间赛跑，将这个嫌疑人缉捕归案。

夜色森森，车辆井然，钱雨和许多国安局警员有条不紊地奔下楼梯。

大家驾驶警车，关掉警灯、警笛，连夜奔赴抓捕现场，一切都静悄悄的。

郭伟杰湿着头发跑下台阶，开车离开了酒店。

抓捕现场外。

钱雨穿着防弹背心，正拿着地图指挥现场。各队警察悄悄地包围了现场。

郭伟杰火急火燎地赶到现场外，一位警察拦住他，他亮出警官证，顺利进入现场。

钱雨刚刚交代完行动细节，看见过来的郭伟杰，一脸不高兴。

郭伟杰正欲搭话，钱雨转身朝警车走去。

他黑着脸，一把把防弹衣和对讲机拍在郭伟杰身上，倒让郭伟杰备感意外。

钱雨道："你跟我一组。"

郭伟杰笑了笑，利索地换上了装备。

众人上楼，在一户人家门口停下。

郭伟杰和钱雨为首，众人一左一右埋伏在门口两侧。

郭伟杰点点头表示已准备好，钱雨打手势倒数"一、二、三"。

警员用工具打开门，众人快速冲进去。

寂静的客厅里空无一人，房屋收拾得很整洁，榻榻米、入户竹、墙上的浮世绘版画……素雅的日式装修风格，让人心神宁静。

茶几上放着一个钱包和散开的其他东西。

钱雨抓起桌上一张被烧掉一半的照片，是吴豫和他们的合照。

这屋子的主人是谁？

28

不死不休

吴豫正开着辆破摩托车在一个小区附近转悠。他站在报亭前装作看报纸，紧盯着对面小区进出的人群。

中午，吴豫的肚子饿得“咕咕”叫。他抬眼一望，对面小炒店飘出阵阵香味。他收回视线看向小区大门，生怕错过目标。

他从包里摸出一个面包啃。

一辆路过的黑色汽车引起了他的注意。

他粗鲁地一口吃完面包，跨上摩托车跟踪查看。

跟到一个路口，交警正在指挥来往车辆。

汽车打着双闪，停在了路边。

吴豫骑着摩托车，用眼睛的余光瞟到下车的司机不是张池，他拐进了另一条路。

夜幕降临。

吴豫蹲在地上，疲倦地站起身，摸了摸酸胀的腰部，呼出一口气，转头放松身体。他一只手拿着外套，一只手扶着墙壁。

又是一日的蹲守。吴豫正在报亭挑选新的报纸，一声不大的汽车鸣笛声在他身旁响起，他下意识地回看一眼，一辆黑色汽车正停在小区大门口准备出去。

没有什么特别。

吴豫的手机响了，这个手机是黄萧攒钱给他买的，卡号也是黄萧办的，吴豫根本就不和别人打电话，所以这个手机就成了黄萧和他的专线。

手机上发进来一条短信，黄萧说："今天我不上班，晚上我们一起去南山吃火锅。"

吴豫回了一个"嗯"。

吴豫继续拿报纸。

吴豫突然回头，报纸一放，当年那种感觉涌上了心头。错不了，他看到过的人就不会忘。

他怕打草惊蛇，装作自然地骑上摩托车，点燃火等待汽车先行。

闸门打开，汽车驶向左边大路。

吴豫拨出了电话，在得到电话那头指示后，吴豫快速跟上张池。

张池从反光镜里看到了吴豫。

张池的脖子后边，文着文身。

张池微微用一只手调整了镜子，把吴豫框在了镜子中心。

吴豫开始还跟得很克制，和车距离近了，他会停一停。

张池的汽车猛然提速，超过了前面一辆车。

吴豫立即明白张池已经发现了他，既然挑明了，那就不用遮遮掩掩，今天就来个了断。他超过前面的车，贴在了张池车辆的后边。

张池放慢速度，任由吴豫骑车跟在身后。

两辆车开出了城，路面上渐渐也只剩他们俩的车。

张池猛地打方向盘，用车尾别向摩托车。

好在吴豫及时做出反应，汽车只碰上了他的前胎，摩托车的前胎微微打滑。

张池见状，调整方向后，全力向摩托车别去。

汽车撞上摩托，吴豫身体倾斜，他忍住痛，在摩托车甩出去的一瞬间，牢牢扒住了汽车。汽车高速行驶着，并且还在疯狂提速。

隔着玻璃，张池和吴豫终于对视，张池已经认出了吴豫，这就是当年差点儿抓住他的那名国安警察。

两人在十多年的对峙中，匆匆一瞥，便各自认清了对手、记住了对手，彼此成为生命中的死敌。

隔了十多年，真够坚忍的。

张池心中道：久违了，该来的总是要来。

张池伸手摸向了方向盘底下。

“砰——”一颗子弹飞出车窗，几乎擦过吴豫的脸飞过去。

紧接着，第二颗子弹从车窗射出，吴豫趴着停了两秒。他开始用肘部持续击打车窗。血和碎玻璃混杂在一起，把前车窗糊成一片血色的蜘蛛网。

车轮高速转动，车速到达极限。

吴豫伸手进去抢方向盘，车辆失去了控制，张池的手枪掉在了副驾驶座位下。他左手把着方向盘，右手去搜寻枪。

车身开始摇晃，在路上扭来扭去。

这人不要命了！张池的眼中全是惊恐。

车辆撞上了路边的护栏，擦出大量的火花。吴豫死死地抓住车门，最终和张池同时被甩了出来。

吴豫感觉几乎全身的骨头都散了，他趴在地上，努力想要站起，这人是当年的罪魁祸首，自己的一生就是因他而改变的，如何能饶过？二人在地上挣扎着想要比谁先站起来。

张池竟然比吴豫先行站了起来，他看着吴豫，眼神里的冷静和杀意，让吴豫背心一阵发冷。

张池走了过来，他手一翻，已经多了一把锋利的匕首在手上。

吴豫知道这种匕首在这样的人手上，是要人命的凶器。

吴豫用力地按着自己的大腿，鲜血在汩汩而流，他发现自己的大腿根本不听使唤。刚刚摔出的一瞬间，他被车身重重砸到。他倒吸一口气，感知到自己已经不具备再度站起的能力，他的腿骨已断。

他抬起头，盯着张池。张池身手了得，曾持械抢劫，他自然也看穿了吴豫不可能短时间起身。

胜负已经分出来了。

“当年我能全身而退，今天也一样可以。今天，我还要带走你的命。”

起风了，阵风。

风中的枯树，就像人的命运。

张池出手了，他的手很快，快得令人难以置信，吴豫连看都没看清他的动作，匕首的锐角已经刺了过来。

吴豫身上立刻出现了几个窟窿，他根本没法闪避，这么快的身手，莫说他现在只能瘫坐地上，就算他两腿站立，也绝无把握躲过这般雷霆快速的刺杀。

张池手上不停，口中发问：“你找了我多久？”

“关你什么事！”

张池暗暗发笑，这人怕是个疯子，你要找的是我，还问关我什么事。

“为什么要这样？你难道还是警察？”

吴豫忍着痛，一字一句道：“不！已经不是了。但是，我是你的死敌！不死不休！你来个痛快！”

“不死不休？”张池长吸了一口气，提起匕首，对准了吴豫的胸口。

张池的脖子上是一枚刺青，大师手笔。吴豫当年只看了一眼，就深深地记在了脑海中。这枚刺青困住了他的一生，他从来就没有放弃。之前掌握的张池的身形体貌，也全在他的脑海中。

地狱不空，誓不成佛！

张池的手很稳，很快，直直对着吴豫的心脏。

吴豫伸手一格，匕首已经切开了他的手腕，鲜血像箭一样射了出来。他中计了，吴豫激怒他，等的就是这一击。张池持锐器伤他，他瘫坐地上，根本无法还手，只有引他靠近，才可能掣肘他。

吴豫借着张池靠近的一瞬，另一只手已经缠住了他的脖子。他着地一滚，将张池带翻在地。

好了，你的优势没有了，大家近身而斗，以命搏命！

二人在地上扭打着，吴豫像一头发疯的野兽，他知道自己没有太多时间，如果张池拉开和他的距离，那神乎其技的刺杀必定将他干掉，现在他的腿断了，手臂在流血，大量的失血已经在带走他的体力，他没有第二次缠住敌人的机会。

“放过我！”

吴豫大喊："不死不休！不死不休！"

"不死不休"，这是怎么样的意志，他追查他十多年，主犯未擒，誓不放弃。

吴豫勒住了张池的脖子，他使出全力，想要制服他。蓦地，他腹上一冷，张池的刀又刺中了他。张池呼吸变得急促，渐渐喘不上气，他手上的匕首胡乱挥舞，吴豫周身血流如注。

"为什么？为什么？为什么？"张池完全想不明白，这人明明已经不是警察了，为什么还要缠着自己，用自己的一生来死磕？

吴豫的力气已经渐渐减弱，他死死勒住张池，他意识逐渐模糊恍惚间，他看见当年入职宣誓的宣誓台。那个时候，赏识他的上级告诉他，你知道吗？这个职业，它不是一个工作，它是一种灵魂、一种信仰，是一种超脱了人生所有意义的坚定！

吴豫已经脱下了警服，可是在他入职的第一天，在那个庄严的宣誓台上，他和胡夏峰等人一道举起了手臂，喊出了灵魂深处的誓言，他愿意将自己的青春自己的热血，献给这最伟大的事业！

吴豫的力气在流失，他咬着牙，却已经勒不住张池了。

张池推开他半尺，够了，这个距离已经足够他施展那无比快速的刺杀了。

只见寒光闪闪，匕首马上就要插入吴豫的脖子。

吴豫一股热血上涌，他想起了王北俪，想起了胡夏峰，想起了钱雨……他想起了自己的一生，眼前似电影快速镜头一样，快速闪过了许多人，有黄萧、魏乐乐……对了，黄萧还在等我，我怎么能死在这里？

吴豫提起脚来，猛地向张池踢去。

当年他一踢闯祸，十九年后，他能否倚靠这千锤百炼的一踢，拯救一切？

凶器袭来，杀气腾腾。

张池出手快极，就在他用尖刀插入吴豫颈部动脉的前一瞬，吴豫踢中了他！

他眼中充满不可置信的神情。

竟然有这样快速的腿法。

张池像断线的风筝一样飞了出去。

良久良久，吴豫终于恢复了一些力气，他坐在地上，大口大口地喘着气。他努力去摸自己口袋里的烟，烟已经被血水打湿了。

他想，终于结束了，2019年了，真不容易，我还是找个女朋友吧，黄萧还等着我呢。

蓦地，一阵火光袭来，在这一瞬间映照着吴豫刚毅而疲倦的脸，张池的汽车燃烧爆炸了。

2019年，发生了很多事。

29

收网

钱雨带着干警，正在房间里查找，却不见张池的踪影。

一位警员踢开了卧室的门查看：“科长，没人。”

重庆局的一位同志道：“他会不会已经收到风逃走了？”

钱雨走到水池边，关掉滴水的水龙头，自信地说：“人还在这儿。”

钱雨和郭伟杰同时走到了窗边往外看。

钱雨突然注意到窗外下面的空调支架上有人影晃动。

郭伟杰也注意到了，郭伟杰对耳麦小声道：“周佳佳，守住地面。”

钱雨缓缓走到了窗边，冷冷道：“老对手，该出来见见面了。”

张池长叹一声，自知大势已去，便松开了手，缓缓从三楼空调架上坠了下去，他身手矫捷，在空中拉住二楼的空调架，借力一弹，又在一楼的雨棚上轻轻一点，着落地面时，向前一翻，便稳稳当当地站住了。

他迎风而立，面色凝重，周佳佳等干警迅速将他包围。

刚才他从天而降的几下纵跃，真是矫捷无比，这样的身手真的是符合他的匪首称号。钱雨等人破门的一瞬，他便翻窗而走，可是以他这样的身手，肯定早就设计过紧急撤退的方案，他敢从窗户外翻出，自然是要仗着自己神乎其技的纵跃功夫，在黑夜间飞来飞去，迅速藏匿身形，逃之夭夭。

郭伟杰从窗户上看下去，地形对他极有优势，他纵跃到三楼空调架上，在他面前是对面楼的一处外沿台面，他只需要跳跃过去攀住台面，然后几个纵步，便能脱身，这样的地形根本无法展开追捕。

郭伟杰和钱雨对望一眼：奇怪，他止步于三楼空调架上，似乎无力再逃。

周佳佳打量张池，惊讶地发现他早已负了重伤。

重庆局的干警走上去，对张池道："你涉嫌从事危害国家安全活动，现在依法对你实施人身限制。"

张池仰天一眼，道："中国有句古话，叫'成王败寇'。"

钱雨走了下来。

钱雨道："等一下！我只有一个问题，吴豫人呢？"

张池露出疑惑的表情。

钱雨拿出茶几上的半张照片。

钱雨道："照片的主人。"

张池道："死了。"

昨天的恶斗，吴豫一脚踢飞了张池，这一脚瓦解了张池所有的战斗力，他远远地摔了出去。

如果不出意外，等吴豫抽完这根烟，有力气打电话的时候，他会拨打110，或者国家安全机关举报电话12339，通知警方来处理。

吴豫当时在想：一会儿要是警察来了，我该怎么说？他们会不会把我当英雄一样？

我还能不能回到过去？

不能了，回不去了，我还是好好地过现在的生活。听黄萧说，南山有个枇杷园，满山都是火锅，现在叫什么“网红地”，我可真的是老土，什么都不懂，得让黄萧好好教我一下。

吴豫掏出了手机，他发了两条信息，一条给黄萧：“点口鸳鸯锅。”

一条信息给罗平，他的信息只有六个字，说：“人我已抓到了。”

轰——车辆爆炸了，爆炸的火光将吴豫包围。

张池被踢得老远，幸免于难。

张池满身是伤，在现场拿走了吴豫遗留的钱包，紧急回到住处，慌忙收拾假证件撤离，他订了今夜的国际航班。电视上正在播放公路上发生车祸的新闻。

蓦地，他听见了脚步声。他反而不再慌乱，他好整以暇地把胡须刮了个干净。

一切都结束了。

张池道：“他的死是意外，不是我。”

钱雨失神地靠在前一辆车的车门上，喃喃自语：“死了？”

众人沉默。

张池又道：“我真的不明白，我真的不明白，他为什么要咬着我不放？！”

郭伟杰倒吸了一口长气，他心中想起了当年领导告诫他的话：“你知道吗，有的人，一辈子就只做一件事！不死不休！”

钱雨神色木然，一字字道：“带我去。”

钱雨回过神来，朝着郭伟杰喊：“你来开车。”

钱雨换到了副驾驶的位置。

一路上，众人陷入了一种奇怪的沉默中。

钱雨摇下一半车窗，从兜里摸出一根烟拿在手上。

郭伟杰用眼睛的余光看向钱雨，外号“冷酷无情”的钱雨处长依然面色冷漠，他手中的烟灰掉到了裤子上也没有发觉。

30

三个画面

2019年，监狱，白昼。

监狱长梁平送走郭伟杰后，转身回到办公室。扶正了书架上弄乱的照片。照片上是毕业典礼，年轻的监狱长梁平正和吴豫勾肩搭背，笑得灿烂。

吴豫入狱，似乎早有预谋。

2013年，湖北，白昼。

车况有些混乱。

吴豫一个急刹，避开了对面的汽车。

汽车不满地朝他按按喇叭，他点头表示歉意。

副驾驶座上穿着校服的郭伟杰正低头回短信。

窗外，吴豫骑着送快递的电瓶车离开了。

人生交集，不过如此。

2019年，重庆，夜。

南山的枇杷园火锅，黄萧点了一桌子菜，筷子却没动。她面前是一口鸳鸯锅。

她对面坐着两位国安干警。

吴豫的手机里最后一条发给黄萧的信息：点口鸳鸯锅。

两名干警向黄萧解释一切。

黄萧一边哭，一边涮菜。

我最怕有人陪我一程，却又离开，大抵以后就只有我一个人吃火锅了。

31

自己人

2019年，夜。

罗平坐在自己的办公桌前，桌上是吴豫的档案，档案旁边是罗平的墨镜。

这副墨镜，是当年罗平和吴豫第一次在警校见面的时候，他测试吴豫的身手，吴豫在空中接过墨镜，还给了他。

吴豫离职后，罗平托胡夏峰将墨镜转赠给了吴豫，这副墨镜遮住了吴豫不堪的眼泪。

罗平的对面，站着胡夏峰。

罗平已经不再分管胡夏峰负责的业务方向，可是胡夏峰依然像当年的小警员一样，保持着对罗平的敬畏。

国安工作里有许多业务方向，窃密侦查不过是其中之一。隔着业务方向，就如同隔着两个世界，谁也不能过问别人的业务内容，谁也不能知悉不该知悉的秘密，甚至隔壁兄弟处室的干部姓名、人员数量都不能知悉。保密就是生命线！

胡夏峰一直有个疑团，确定张池在重庆的线报，是罗平电话通报给胡夏峰的，罗平的线报到底是谁给的？虽然隔着不同业务方向不能互相过问业务内容，可是一旦发现兄弟方向工作的线索，国安机关内部的通报合作还是极为顺畅的。

罗平沉默了很久，终于开口："有什么就问吧。"

胡夏峰问："吴豫不是……"

罗平说："这墨镜是他还给我的，对，我们后来还见过面。"

胡夏峰问："在哪儿？"

罗平道："云南边境。"

胡夏峰又问："那个时候他变了吗？"

罗平看着胡夏峰："不！他从来就没变，你以为这些年他只是在找张池？他还为我们做过许多事！"

胡夏峰奇道："为我们做了许多事？"

罗平有些激动："对！在云南，在新疆，在边境。这些行动秘而不宣，山河无名！"

秘而不宣，就是笔墨不能展示，言语不能叙说，这个故事也只能展示他人生的一角！

胡夏峰浑身剧震，他喃喃道："秘而不宣……那追缉张池呢？"

罗平长叹一口气："吴豫主要是为我工作，而配合通缉张池的事，是吴豫的个人强烈意愿，张池这十几年一直没有出现，此前在云南、武汉等地，吴豫没有找到准确线索，所以没有通报你们。很多次，我都以为吴豫会放弃，但他每每向我汇报他会坚持，一旦找到张池的下落，第一时间就会给我情报，让我通报给你！"

胡夏峰听着，感觉眼睛已经湿润，他强忍住了。这是罗平他们的业务方向，吴豫究竟做了些什么，他知道不能过问，他用了一个非常委婉的方式，希望得到自己内心深处的答案，他问：“他是自己人？”

罗平说：“是。”

自己人。

无名的自己人。

除了正式在编的干警之外，国安的队伍里有许多这样的自己人。

这些看不见的自己人和秘而不宣的行动，山河无名！

32

尾声

2019年，滨海，白昼。

罗伯特被捕之后，尚有一名IAA成员未落网，这位立志从事颠覆活动的“三角峰”仍然逍遥法外。

追查“三角峰”的过程是艰苦的、艰难的，由于案件侦破涉及许多保密的手段，无法言明，世人恐怕永远也不能得知这一场艰苦卓绝的隐蔽战役是如何开始，又是如何结束的。

这就像天上的乌云，有时候雷霆已经密布，却不会发出任何声音。

雷霆无声。

抓获张池之后，胡夏峰和钱雨的关系没有得到任何缓解，钱雨似乎更加埋怨当年胡夏峰的指挥不力。如果当时怎么怎么样，吴豫就不会怎么怎么样。

可是，这个世间最难的不就是没有“如果”吗？

钱雨把所有的义愤都转化为动力，倾注在了对“三角峰”的案件侦破上。

胡夏峰语重心长地吩咐诸位干警："马上就是新中国成立70周年大庆了，要及时破案，防止危害。"

9月的时候，案件终于有了突破，当钱雨、郭伟杰诸人率队抓获"三角峰"的时候，这人正横躺在沙发上喝着啤酒，看着球赛。他的房间里弥漫着化学制剂的刺鼻味道。他的身份很快被核实。此人叫刘建，是一个普通得不能再普通的名字，五十岁的糟老头儿，某医院药剂研发高管。房子买在离滨海的火箭城不远的一处小区内。

刘建是化工药剂领域的能人，许多年前被拉入与"西海岸"罗伯特一起的境外非政府组织。

刘建面对钱雨等人的神兵天降，倒也不奇怪，他似乎早就预计到了有这一天，所以设置了一项丧心病狂的危险装置。他阴森森地一笑，指着角落里的小冰箱。

他的冰箱里，有一罐可乐罐大小的气体。

刘建阴森森地说："奉劝诸位，切莫移动这个冰箱。这个气体可不是什么演唱会的烟幕效果。"

钱雨本能地意识到问题的严重性，他找来专业人士，现场进行检查，结果让人大吃一惊，这气罐里的气体具有极强的杀伤力。钱雨问专家："有多大杀伤力？"

专家答："半天之内可以实现广泛扩散，能毒死整个火箭城的人。"

钱雨倒吸了一口凉气。

这气罐谁还敢轻轻碰动它一下？

这气罐里的气体，是刘建最新研制的生化武器。

案件到了这个点，大家都有点怵，现场的几个小年轻都有点怕，手都有点抖。颠覆犯罪直指国家体制，现实危害是没有上限的。经过突审，刘建的心理也很明晰，IAA一直没有重用他，他有点“弃子”的感觉，他最后发了疯，想要弄出点动静，马上就是10月1日，中国的重要日子，中华人民共和国成立70周年的大庆，更是世界瞩目。这不正是一个好时机吗？我来给你们添点乱！

必须赶快处理，报告层层往上，最先进的科学团队开始研究方案。方案很快就出来了，但凡扩散力强、杀伤力大的生化气体，降解起来都不会太复杂，针对刘建设计的这一款“武器”，最简单的方式也是最稳妥的方式，是用土壤来进行掩埋降解。

同时，还必须防止消息扩散，造成恐慌。

这就意味着需要一台安全的密闭车辆，将气体运送出去。

可是，这一趟押送之旅，必定危险重重，如果稍有倾覆，后果不堪设想，押送气罐的人哪里还有命在？

胡夏峰站了出来：“这种事，怎么好意思假手他人？”

郭伟杰等人争先恐后地要求护送气体。

胡夏峰一笑：“这事儿只能我来做，我在它就在，它要是爆了我也不在了。”

诸人细细琢磨胡夏峰这话，老局长已经退休，胡夏峰目前正在主管滨海国家安全局的全部工作，作为滨海国安局的掌门人，这个任务他能交给谁去做？这个气罐要是爆了，莫说他活不成，即便他活得成，也愧对这份职业。这事只能他自己担当！

“全部听命令，把冰箱放我车上去！”

他已经不再年轻，这些年过重的工作负担让他的两鬓早已有霜色，他站出来的时候，钱雨内心一震，忽然觉得吴豫和胡夏峰真的是一样的人，所有的埋怨都因此而消失。

郭伟杰站了出来：“我帮你开车！”

胡夏峰的车缓缓开出，公安局副局长张晓曼已经通知交通部门对行经道路进行交通管制。

车辆的路线会经过滨海的青年广场。

青年广场的地标建筑是一座巨大的红色风帆，风帆的中心是一枚巨大的国徽。

青年广场修建于20世纪80年代，是为纪念滨海建市而落成这个城市的青年曾响应过五四运动，曾追随过革命，曾前后继地为了新中国而付出了青春和热血，乃至生命。

胡夏峰的车缓缓经过青年广场前的五四大道。交通管制后的广场显得十分冷清，可是这份冷清更增添了庄严肃穆。他看了一眼建筑物上的国徽，马上就是中华人民共和国成立70周年大庆了。

他仿佛听到了天安门前庄严的国歌响起，解放军各方阵已经开始接受阅兵。

这一刻，胡夏峰和郭伟杰内心深处建立起了生死默契。胡夏峰看着广场上的国徽，郭伟杰会意地放慢了车速，胡夏峰说：“我再多看一眼青年广场。”

青年，青年。

十九年前的某一天，胡夏峰、吴豫、王北俪在广场上漫步，佳人在侧，兄弟为伴，事业有盼，未来可期，这是多么简单而愉悦的时光。这些时光大抵是永远也回不去了。

广场的后面是蓝蓝的大海，海鸥正在懒懒地飞动。胡夏峰闭上眼，仿佛又回到了和吴豫一起在海边喝酒的日子。

胡夏峰问：“郭伟杰，我平日对你严苛，你小子没生过气吧？”

郭伟杰道："我肯定生过气啊！"

胡夏峰笑道："诚实！生气好，能生气说明有血性啊。"

"没血性能陪您送这个小冰箱啊？"

这个小冰箱现在放在胡夏峰的后座旁边，这里面现在可是装着地狱的魔鬼。整个火箭城的生死都在胡夏峰一人手上！

胡夏峰不说话了。

隔了半晌，他欲言又止。郭伟杰问："胡局，您有什么指示？"

"没、没。"

郭伟杰问："胡局，你怕过死吗？"

胡夏峰沉吟道："怕，只要是人，都会怕死。"

"现在怕吗？"

胡夏峰看了一眼窗外，青年广场已经远去，蓝天白云依旧，他看了一眼正在微微颠簸晃动的小冰箱，说道："有点。"

郭伟杰又问："我也有点怕，那该怎么办呢？"

"来，我教你，把音响稍微调大声点。"

"您要听什么歌？"

"蔡琴的吧。"

"啊？"

"《给电影人的情书》，你北俪姐爱听。"

（故事完）

后记

我想和世界聊聊

你恨他吗？

采访完吴豫的妹妹吴芳，我问出最后一个问题。吴芳是复旦大学新闻系的高才生，在这个行业里已经很多年了，算是前辈。

吴芳采访过许多人，对任何采访都习以为常。

可是，当我的这个问题抛出来，她还是不易察觉地失了神。

在侦查心理学上，有一个学问叫“微表情”。抱歉，当年念书的时候，没有好好听课，只是依稀记得这个知识点的大致原理。说的是，人的神经反应分为两种：一种是植物反射，一种是动物反射。自己能控制的各种表情、动作叫动物反射；而像皮肤上的微电、心跳的速率等，这些是不可控制的，不信你自己试试，想让自己心跳放慢就放慢，加快就加快？

这些做不到的就是植物反射，微表情就是植物反射。

这个解释如果不对，当我胡说。

微表情是审讯课的重头戏，可是我毕业后已经还给了老师。微表情反映了人的心理最本能、最直观的内容。市面上各种以微表情为基础的书籍满天飞，有的像那么回事儿，有的纯属胡诌。

吴芳会在这个问题上失神，说明她内心深处在意过这个问题，起码，她曾经问过自己这个问题。

真的是庆幸，我这半吊子的侦查心理学，也捕捉到了吴芳这一重要心理。

我毕业于政法大学的刑侦学院，现在写涉案题材的小说，主人公往往都是警务人员，由于自己过去所读专业加持，故事勉强活灵活现，一度有许多读者误会我也是“衙门”中人。

过去我从不写后记，稿子写完也就完了。责编和策划都提醒过我，要找个机会和读者聊聊，不能老端着推理作家的神秘感，读者是作者的衣食父母，是上帝。

神秘。

这便是我第一次得悉胡夏峰所从事的行业的第一感受。

这个行业似乎充满秘密，它的工作内容是秘密，它的工作人员是秘密，你不知道他们在哪儿，但是国家和群众需要他们的时候，胡夏峰、王北俪他们又在你身边。

吴芳和胡夏峰有过一次交谈。

“胡局，你们的工作都干什么？”

“对不起，不能说。”

“像我哥吴豫这样的‘自己人’，有多少？”

“对不起，不能说。”

“你们所称的‘自己人’，和公安的线人、卧底是不是一样？”

“对不起，不能说。”

秘密啊。都不能说，吴芳你自己理解去吧，这个行业充满着秘密，保密是这个行业的生命线。

一个充满秘密的故事，难道不是推理小说家绝好的素材吗？可是充满秘密的故事，本身就是一件很难完整叙述的事。无法完整地叙述，这是内容创作上的难题，这个难题困扰了我很久。

故事讲到吴豫夜斗张池，应该就要结尾。吴豫的一生就是孤独的一生，至于吴豫一直受命于罗平，和主线故事没有关系，本书的主线故事是：一个离职的警员，配合警方追捕通缉嫌疑人。责编和策划告诉我，讲到这儿就可以了，很感人、很悲壮，别继续讲了，吴豫的身份是个秘密……

可是，这个秘密并不应当就此而埋没。如果继续讲，故事会很拖沓，可是，也存在另外一个可能，故事之外将会给人无限空间。这个空间是：吴豫这些年到底做了什么？

难道就仅仅是故事里呈现的“找张池”？

从事这个神秘行业的人的一生，你永远只能看见他的冰山一角。

有什么比“知道在秘密之外，还有秘密，而你却无法得知”更让人吊胃口的？

于是，我终于玩起了反转的把戏，揭晓吴豫的秘密。

你看见的故事中的吴豫，不是你看见的吴豫，而是罗平的吴豫。这是故事的第一层秘密。

找张池的吴豫，不是你看见的吴豫，而吴豫的一生还有许多秘而不宣之事——这是故事之外的第二层秘密。

吴豫的身份是故事末的秘密，可是在这个秘密之外，还有更大的秘密：除了找张池，吴豫还做过什么？罗平、胡夏峰口中的“自己人”，到底是什么？这也是秘密啊。

对不起，这么高度秘密的词汇，我也不知道。

但是我所知道的，是一个公理：能守住这么多秘密，是多么寂寞和坚忍的事！

把自己的姓名、自己的人生，隐藏起来，变成秘密，需要多么大的勇气！

这个国家，总需要有人这样做。

胡夏峰和吴豫各自坚持的十九年，是一种非凡的定力。拥有这种勇气和定力的人，是不计较得失的。

我写过许多刑警、公诉人的故事，写过许多正义战胜邪恶、法律正义伸张的故事，政法专业出身的原因总是让我对这类“着装人士”的故事有着浓厚的兴趣，仿佛是一种地心引力，一种巨大磁场牵引着我去搜集、讲述这些正能量的故事。

直到有一天，我们西南政法大学刑侦剧研究中心将一个巨大的学术难题摆在我的面前：

如果你故事里的主人公脱掉了警服，他们是不是还能坚守自己的信仰？你口口声声说你用主旋律故事来弘扬法治精神，这个问题，你如何作答？

如果脱了警服能坚持，那么你作为法律题材的作家，仅仅停留在“职业关注”之上（一个良好法治社会的最高层次：是人人参与，而不是孤立地依靠执法机关），你过去的作品岂非太过表浅？如果不能，你宣称的信仰和正义在哪儿？

这也太难了。

这和“休谟难题”“二难命题”一样缠人，万能的上帝能制造一块他自己搬不动的石头吗？如果万能，他搬不动石头，怎么叫万能？如果不能，那上帝更不是万能的了！

这样的假设不是在玩人吗？

幸好我有吴芳这样的记者前辈。

吴芳说：“你看看胡夏峰和吴豫，他们都一样。”

“那吴芳，你恨他吗？”

“嘿嘿，对不起，不能说。”